魔幻偵探所

45

隧道謎蹤

關景峰　著

新雅文化事業有限公司
www.sunya.com.hk

魔幻偵探所
人物介紹

南森

身分：魔幻偵探所創辦人、領頭羊

年齡：120歲

畢業學校：斯塔福德學院（伏魔系）

學位：博士

捉妖經驗：108年，獲得「捉妖能手」、「怪獸剋星」等稱號

性格：遇事鎮定、善於思考，生氣時聽到幾句好話氣就消了

最具殺傷力的武器：
顯形粉、捆妖繩、無影鋼鐵牆

海倫

身分：魔幻偵探所成員，南森的得力助手

年齡：13歲

畢業學校：劍橋大學（法術系）

學位：學士

捉妖經驗：1年

性格：開朗、逢事觀察細緻，吵架時總讓着本傑明

最具殺傷力的武器：捆妖繩、凝固氣流彈

本傑明

身分：魔幻偵探所實習生

年齡：11 歲

就讀學校：牛津大學（捉妖系）

捉妖經驗： 3 個月

性格：聰明淘氣、遇事毛躁

最厲害的戰術：非常規戰術

派恩

身分：魔幻偵探所實習生

年齡：10歲

就讀學校：倫敦大學魔法學院
　　　　　（反幽靈技術系）

捉妖經驗：1個月

性格：聰明活潑，非常好勝，有時
候喜歡誇誇其談

保羅

身分：魔幻偵探所機械狗

年齡：100 歲

工作能力：無所不知的電腦資料
庫，善於用百分比分析事物

性格：異想天開、調皮、懶惰

最喜歡的食物：潤滑油

最具殺傷力的武器：追妖導彈

特級裝備

捆妖繩

能夠對準魔怪迅速旋轉收縮，將它捆緊綁實，繩子一旦落到魔怪身上，就像嵌入肉裏，魔怪越掙脫綁得越緊，當然放繩子時可要放得準才行。

無影鋼鐵牆

這堵牆其實就是氣流，它把氣流變成了無影無形的鋼鐵牆壁，能將敵人困在其中，衝不出去。

顯形粉

這是一種非常神奇的粉末，即使魔怪偽裝、隱形了也完全能顯現出它的原形。對了，「顯形」就是「現出原形」的意思！

裝魔瓶

能把魔怪收進裏面,使其在三天內化成清水的神奇瓶子。即使魔怪身形再龐大,也能收進瓶內。

幽靈雷達

能夠準確測定氣流存在的方位,並及時發出警報的裝置。它能跟蹤、測定魔怪在哪裏。不過,如果魔怪的魔力非常強,幽靈雷達有時候也可能測不到,它的更強大的功能還有待你去改進!

追妖導彈

能夠自動尋找魔怪,進行智能追蹤的導彈,這種導彈威力比較大,一般魔怪根本抵抗不了。

魔幻偵探開始行動！

目錄

第一章　痕跡

汽車行駛在威爾斯北的德普鎮通往里辛鎮的公路上，南森開車，小助手們都坐在車裏。他們是去里辛鎮參加威爾斯魔法師聯合會舉辦的會議，會議結束後，他們去了附近的德普鎮拜訪了一個南森的老朋友，在老朋友那裏住了一晚，第二天中午返回里辛的旅館，準備收拾行李後再回倫敦。此時，他們在趕回里辛的路上，不過和以往車內經常傳出的歡聲笑語不太一樣，本傑明在很嚴肅地打電話。

「……是森特納牙科診所嗎？對，我是從網絡上查到你們診所的，請問拔一顆牙齒要多少錢？」本傑明認真地問。

「大概一百鎊，包括檢查的費用。」電話裏，一個聲音傳來，顯然那是牙科診所的護士，「請問你有醫療保險吧？」

「有醫療保險，但是那是倫敦的醫療保險，可現在我們在你們威爾斯地區，用不上倫敦的保險。」本傑明有些

愁眉苦臉的，「所以是自費啦……請問可不可以便宜點？就拔一顆牙就要一百鎊，對我們來說很貴……」

「噢，你這樣的病人還真是不多……這可是麻煩事。」電話那邊護士的口氣也很為難，「這樣吧，我們這邊有實習醫生，手術經驗當然欠缺一些，我可以去建議由實習醫生給你拔牙，半價，五十鎊，很便宜了，但是你要有心理準備，可能會很疼，另外，需不需要立即拔牙，要醫生檢查後決定……」

「不怕疼，真的不怕。」本傑明連忙説，「只是能不能再便宜點？不檢查了，直接拔牙……」

「這可不行，絕對不行。」護士馬上拒絕道，「檢查是一定的，如果只是要便宜，我們來安排實習醫生。」

「好吧，五十鎊，半價。」本傑明連連點頭，「那麼什麼時候能來拔牙呢？」

「明天上午就可以來……」護士的聲音立即傳來，「我現在就可以給你安排。」

「太好了！嗨，派恩——你明天上午就可以去診所拔牙了——」本傑明晃着手機，激動地看着前排的派恩，派恩捂着臉，一臉痛苦地靠着座椅，「半價——五十鎊——」

「本傑明——雖然我牙疼——但是我都聽到了——」派恩捂着嘴，聲音不大，「你可是真捨得犧牲我呀，你找個實習醫生來給我拔牙……」

「噢，護士小姐，你可能聽到了，患者本人似乎不太滿意，那麼就請醫生本人來拔牙吧，一百鎊，不還價……」本傑明笑着，對着電話又說了一大通。

南森開着車，無奈地搖着頭，那邊，本傑明已經放下了電話。

「噢，本傑明，不要開玩笑了。」南森說，「派恩很是不舒服呢，就不要招惹他了。」

「來這裏的時候還推了我一把，頭撞在牆壁上，疼死我了。」本傑明說着看看前排的派恩，「我幫他打這個電

10

話，對他已經很好了，診所地址也是我查到的。」

「你們兩個呀，總是這樣鬧。」南森繼續搖着頭説，他的確很無奈，「今天走不了了，開車回倫敦要半天，到了以後診所也下班了，一路上派恩休息不好，也會加重疼痛。就在里辛鎮拔牙後再回去吧，不過……明天去了以後能不能立即拔牙呢？」

「這個要醫生判斷了。」本傑明説。

「派恩，喝點急救水呀，也許能緩解很多。」保羅就坐在本傑明身邊，提醒道。

「急救水是遭到魔怪攻擊受傷後或者遭遇創傷時使用的。」海倫在一邊説，「牙疼是因為牙神經感染造成的，喝急救水只能稍微緩解一下。」

「是呀，好幾分鐘，然後還是疼。」派恩叫了起來，「啊呀——啊呀——疼呀——」

「叫你吃那麼多糖……」本傑明還是不依不饒地説。

海倫推了推本傑明，本傑明扭了扭脖子，不過不再説話了。派恩依靠着座椅，呻吟着。他是中午臨上車的時候説牙疼的，而且説越來越疼。南森檢查了一下派恩的牙齒，立即告別了朋友，帶着幾個小助手趕回里辛鎮，準備在里辛鎮的藥店買些消炎藥和止痛藥，先應付一下，第二

天早上再去診所拔牙。南森不是牙醫，但是看過派恩的牙齒後，根據他的經驗，覺得派恩大概要拔掉那顆疼的牙了，南森說那顆牙有一個蟲蛀的大洞。

前面就快到里辛鎮了，這是一個不大的鎮子。這個地區當然沒有倫敦熱鬧，比起其他地方，也算是很冷清的，街道上人少，路上的車也不多。前面，有一條長長的隧道，南森把車開進了隧道，前後都沒有車跟進來，隧道裏的燈光有點像是橘黃色的，非常亮，但是不刺眼，過了這條隧道，再往前開一刻鐘，就到里辛鎮了。

「再堅持會呀，派恩。」車一過隧道，海倫就鼓勵道，「馬上就到了。」

「嗯……」派恩含糊不清地回應說。

「啊呀，前面有交通事故。」南森說着降低了車速。

海倫通過車窗向外看去，的確，有兩輛車發生了追尾事故，前面的那輛送貨卡車車尾都變形了，一輛小轎車的車頭頂在送貨卡車的車尾，車頭爛了，前車蓋也都掀了起來。發生交通事故的兩車一前一後各停着一輛警車，一個警察在疏導着交通，通向里辛鎮的雙向四車道變成了三車道。

南森放慢車速，他們的車慢慢地從兩輛事故車的身邊

經過。

「哇，安全氣囊都打開了。」本傑明湊到海倫這邊，看着那輛小轎車説。

「車裏沒有人呀。」海倫説，「應該是被救走了。看起來……傷得可能不是很重。」

「一會拖車來，會把兩輛事故車拖走的。」保羅也伸着頭看着外面。

南森從事故車輛旁邊行進的速度很慢，他也扭着頭，看着事故車輛。沒一會，他們行駛過了事發地段，前方又變成了通暢的四車道了。

南森駕車，飛快地向里辛鎮開去，本傑明忽然感到，南森的車速快了很多，十分鐘後，他們就把車開進了里辛鎮。

「本傑明，藥店在米勒街上？」南森邊開車邊問。

「對的，米勒街57號，和我們住的旅館很近。」本傑明説着看看手機，核對了一下。

「好的。」南森點點頭。

不到三分鐘，南森駕車就停在了藥店門口，不過有點奇怪的是，他並沒有下車。

「海倫，你和派恩去藥店，買消炎藥和止痛藥。」南

森對後排的海倫説,「然後就去旅館,先把藥吃下去,再讓派恩休息。」

「博士,你?」海倫感覺到了什麼,連忙問。

「剛才那輛出了事故的卡車,有問題,我要去看一看。」南森的心思似乎集中在那邊,他看看本傑明和保羅,「你們和我去。」

「是。」本傑明和保羅連忙説,他們聽出南森的語氣很是沉重。

海倫和派恩下了車,南森駕駛着汽車,原地掉頭,向回開去。海倫並沒有立即進藥房,而是站在那裏看着南森離開。從南森的語氣中,她明顯感覺到了問題的嚴重性。

南森的汽車向事發地段飛速駛去,本傑明坐在後排,有點坐卧不寧的,他不知道該不該去打攪專注開車的南森。

「卡車的後車廂,有三塊痕跡,淡綠色,面積不大,在陽光照射下,有點狀螢光散發。」南森似乎看出了本傑明的心思一樣,説道,「一定要檢測一下,那是魔怪血液的特徵,通常很難看到,我們要去看個清楚。」

「點狀螢光,淡綠色……」保羅很是吃驚,又有些懊悔,「啊呀,剛才我從那裏經過的時候,沒有開魔怪預警

14

系統，因為我們來這裏不是破案的，而是路過……」

「老伙計，這不怪你，不偵查時不會開啟魔怪預警系統。」南森説，「先把派恩的牙治好，再來看那個痕跡，車輛是事故車，警察在事故處理完成之前，會保護現場和事故車輛，所以那些痕跡也會保護下來，我們有足夠的時間去檢測。」

南森説着話，汽車已經快速抵達了事故現場。本傑明把頭側向車窗，看到了前面，事故車輛都在那裏。

「博士——有魔怪反應——」保羅突然大叫起來，「就是從那輛卡車那裏發出來的——」

「果然是魔怪血液。」南森點了點頭，「這回我們有事情做了。」

南森把車停在路邊，和本傑明、保羅快速下車。前面十多米處，一輛大型拖車已經鈎掛住了卡車，另外一輛小型拖車在一邊，準備鈎掛轎車。一個警察在指揮着大型拖車，另外一名警察在轎車後，警戒着從隧道那邊開出來的汽車，嚴防有汽車不明路況衝撞上來。

「停下——停下——」南森邊喊邊走過來，本傑明和保羅緊緊跟在他身後。

「停——」警察聽到了南森的聲音，對已經發動了汽

車，準備把卡車拖走的拖車司機做了一個停車手勢，隨後看看南森，「你有什麼事？」

「你好，我是倫敦魔幻偵探所的南森。」南森走過去，解釋起來，「我懷疑這輛出事故的卡車有些問題，需要檢驗，來的路上，我們已經給威爾斯魔法師聯合會打過電話了，他們在聯繫你們這裏的警方，一會你們的局長就會通知你們允許我們檢查，總之什麼手續都不會缺少，但是我們需要現在先進行檢查。」

「就是先上車，後補票。」本傑明在一邊強調説，「就是這個意思。」

「南森博士，我聽説過你。」警察點了點頭，「我是鐘斯警官，請問是有關追尾事故的原因嗎？轎車司機很有問題，他也受了傷，現在已經被送去醫院了，我特別安排對他進行驗血，檢測酒精成分。」

「嗯，有關交通事故的具體原因，我是一定要了解的，但是我先進行檢測的，是和魔怪有關的事情。」南森説着看向卡車的車廂尾部，「我們是魔法偵探。」

「好的，我們先停止拖車，你進行檢查。」鐘斯警官做了一個請便的手勢。

16

第二章　昏迷的司機

保羅第一個跑了過去，他跑到事故卡車的後車廂，就在後車廂距離車尾不到半米的車身上，有大小七、八處圓形或橢圓形的噴濺痕跡，最大的有三個，最大的一處痕跡有雞蛋大小。那些痕跡呈現出綠色，略微發藍，痕跡的表面有星星點點的螢光閃現，在陽光照射下很明顯。

保羅眼中的兩道白色光束已經照射上去，回饋回來的

信息在保羅身體裏的魔怪預警系統中高速分析。南森和本傑明站在保羅身邊，看着那些痕跡。不遠處，鐘斯警官和下了車的拖車司機也在看着這邊。

「魔怪的血液是綠色的……」保羅説着收起了光束，「一個山魔的血液痕跡，這個山魔的年齡有三百年，魔力值較高，這就是檢測結果，博士，這就是魔怪的血跡。」

「久居深山的魔怪，就是山魔。」南森説着看看本傑明。

保羅那裏，已經將分析資料列印了一份，從他的後背吐了出來，南森撕下紙，拿在手裏仔細地看着。

「這裏……」本傑明環視着周圍，周邊的山峯起伏，不遠處的那條隧道就是穿越一座小山而出的，「確實山連山，但山魔在哪裏呢？它們的血怎麼濺到卡車上了？」

「這一個區域的痕跡要保護好。」南森對本傑明和保羅説，「我們再去看看，看另外一面或其他地方有沒有這種痕跡。」

南森走到汽車的另一邊，檢查起來。保羅探測着四周，沒有發現另外的魔怪反應。檢查完卡車後，他們有來到轎車旁邊，轎車的車頭受損極為嚴重，他們繞着轎車走了一圈，沒有發現什麼。

「鐘斯警官。」南森向前走去，他要了解一下事故的經過，關鍵是卡車司機的情況。

鐘斯警官連忙走來，他其實一直很好奇，這事故現場為什麼引起魔法偵探的關注。

「有關這宗事故，具體是怎麼回事？」南森說着又看了看那幾塊痕跡，「還有就是，兩車的司機怎麼樣了？」

「噢，看上去這就是一宗追尾事故，我們也是接到路過車輛的報告才趕過來的，詳盡的情況還不很清楚。」鐘斯警官指着卡車的車頭說道，「這是一輛化學品公司的運貨車，司機不知為什麼，把車停在了這裏，事故發生時司機好像沒有繫安全帶，頭部有撞擊，昏迷了，現在去了醫院搶救，結果就不知道了。後面那輛轎車是肇事車輛，從隧道開出來後沒有注意前面路況，車速很快，直接撞上來，被安全氣囊救了，被抬下來時傷勢不重，有意識，但是身上有酒氣，應該是酒後駕駛，意識模糊，所以才沒注意路況，造成了追尾事故，後面這個司機也送去醫院了。」

「噢，兩人的年齡？」南森問。

「都是三十歲左右。」

「去了哪家醫院呢？」

「里辛鎮中心醫院。」

「好。」南森點點頭，隨後，他用手指着車身上那幾塊痕跡，「現在你們可以拖車了，但是這幾塊噴濺痕跡，注意要保護，千萬不要擦掉，這輛車可以開進有棚的車庫，防止雨水沖刷。」

「好的，這個沒問題。」鐘斯警官連忙説。

「那麼……我們現在去醫院看看。」南森想了想説，「啊，你會得到該有的手續的，這宗事故沒那麼簡單。」

「剛才我接到了通知，要我們配合你的調查。醫院也有我們的人，應該也接到通知了。」鐘斯警官看到南森要離開，似乎也有些着急，「能不能問一下，到底發生了什麼事？」

「可能牽涉到魔怪，我只能説這麼多，我目前掌握的也只有這麼多。」南森邊走邊説，「記得保護好那些痕跡……」

本傑明和保羅連忙跟上南森，他們上了車，本傑明很快就查到了里辛鎮中心醫院的地址。南森把車掉轉，再次向里辛鎮開去。

「山魔要殺那卡車司機？怎麼自己的血噴濺上去了？」本傑明看着外面的山，這裏的山林木都比較茂盛，

要是藏着魔怪，倒是也很正常，「而且卡車司機也是因為交通事故受傷的，並不是被魔怪所害。」

「問題很多，先要去醫院，找到卡車司機，問清楚情況。」南森開着車，語氣有些焦慮，「不知道卡車司機傷勢怎樣。」

這時，本傑明的電話突然響了，他連忙接通，是海倫打來的。派恩吃了買來的藥，好一些了，正在旅館裏休息。海倫問本傑明這邊的情況，本傑明把大概的情況告訴了海倫，並轉述南森的話，讓她先照顧好派恩，他們還在調查之中，要過一會才能回去。

里辛鎮中心醫院到了，南森和兩個小助手下了車，為了減少麻煩，本傑明抱着保羅，似乎是玩具狗。他們進入醫院後來到前台，問清楚了兩個剛送來的傷者，兩人已經經過急救治療，安排在住院病房裏。南森和兩個小助手連忙前往住院病房。

住院病房出入口，有一名警員把守着，南森說明了來意，警員表示，自己已經接到通知，要協助南森進行調查。

「……肇事的人叫巴特萊，驗血證明已經出來了，確定是酒後駕駛。他傷勢不重，要留院觀察一天，我們的人

已經看守着他的病房。」警員介紹着情況,「前面那輛卡車的司機叫克里夫,昏迷中,在另外一間病房……」

「傷勢很嚴重嗎?」南森急着問。

「這個……我不是很懂……」警員有些猶豫,忽然,他雙眼一亮,有個醫生在不遠處的走廊推門出來,那個警員連忙招手,「杜克醫生,杜克醫生……」

警員告訴南森,剛出門的是杜克醫生,他了解情況。南森對警員點點頭,連忙走了過去。

「杜克醫生,你好,我是倫敦魔幻偵探所的南森。」南森進行着自我介紹,「簡單地說,這宗交通事故,有可能涉及魔怪,我正在對此事進行調查。」

「南森先生,我知道你。」杜克醫生點點頭,面露出吃驚的表情,「這事和魔怪有關係?兩個傷者是魔怪?」

「不要緊張,兩個傷者不會是魔怪,這種追尾的交通事故,對魔怪來說根本就造不成傷害。我的意思是這件事有可能牽連到魔怪。」南森連忙說,「那個卡車司機,叫克里夫的,傷勢怎麼樣?」

「腦震盪造成深度昏迷,不過沒有生命危險,大概明天能醒過來。」杜克醫生說,「追尾的時候他似乎要下車,反正沒繫安全帶,否則不會造成這麼嚴重的頭部

撞擊。」

「那就好。那麼等他醒來，在允許的情況下，我要對他進行問話。」南森認真地說，「那麼，另外一個呢，那個酒後駕駛的司機。」

「他倒是沒什麼事，現在也清醒了，他的頭撞在打開的安全氣囊上，手臂有擦傷，要觀察一天再出院。」杜克醫生聳聳肩，「不過警察不會放過他，他涉嫌酒後駕駛並造成了嚴重的交通事故，他的病房前還有一個警員在把守。」

「我們想見見這個人，對他進行問話，現在可以嗎？」南森問道。

「沒問題。」杜克醫生點點頭，「去和他談談吧，他正在反省呢，酒後駕駛差點要了他自己的命。」

第三章　道丁化學品公司

杜克醫生把南森帶到裏面，307病房，病房門口站着一個警員，南森和警員簡單地介紹了自己，警員也接到指令，協助南森的一切調查活動。南森帶着本傑明和保羅進到病房裏，只見病牀上躺着一個人，手臂纏着紗布，一副無精打采的樣子，看見南森進來，尤其是看到本傑明還抱着一隻玩具狗，一臉疑惑。

「巴特萊先生嗎？我是倫敦魔幻偵探所的南森，請問你好些了吧？」南森走到巴特萊的牀邊，平靜地説。

「倫敦？」巴特萊眨眨眼，「你是保險公司總部的理賠員？」

「魔幻偵探所的魔法偵探。」南森糾正道，「有些事要向你調查一下。」

「魔法……偵探……」巴特萊更加疑惑了，「我追了尾，是，我錯了，我喝多了，可是這和魔法有什麼關係？卡車司機是魔法師？」

「卡車司機是個普通人，和你一樣。我們只是想了

解當時的情況。」南森説着拉了一把椅子，坐在椅子上，「而且我想説，這件事可能涉及到了魔怪，所以我才要調查。」

本傑明把保羅放在了地上，保羅隨即跑到了巴特萊的牀邊，他要把巴特萊的話錄音。巴特萊看到保羅跑到自己的牀邊，更加驚奇，他不知道魔法偵探怎麼會帶一隻小狗進到自己的病房。

「你喝了多少酒？事發時能看清周圍的東西嗎？」南森突然問道，語氣顯得很是嚴厲。

「大半瓶威士忌……」巴特萊小聲地說，隨即，他放大聲音，「啊，這我都和警察說了，我承認我酒後駕駛……」

「我知道，我要對你的狀態作出判斷，如果你當時意識完全模糊，那麼你下面的回答可能就要打折扣了，會影響我對事情的判斷。」南森擺了擺手，解釋道。

「噢，是這樣呀。」巴特萊語氣平緩下來，「我當時的確有點飄，好像雙手都不受控了，看東西也有點雙影，但勉強能看到周邊的東西，我就是反應遲鈍，出了隧道後，我大概看見前面有個東西，但是手腳就是不受大腦控制，所以直接撞了上去，我錯了，我以前只是聽說酒後失控，這次真的感受到了，差點沒了命，我……」

「當時那輛卡車就停在路上嗎？」南森打斷了他，問道，「是突然停下的，還是一直停在那裏？」

「停在路上，一直停在那裏。」巴特萊連忙說，「我是開出隧道口後不久，隱約看到前面有輛車的，我想剎車或躲避了，可是手腳就是不受控制……」

「汽車周圍呢？有什麼異常的情況嗎？」南森進一步問。

「沒有……吧？」巴特萊皺着眉，「反正我是什麼

26

都沒看見，哎，我想剎車或躲避了，可是手腳就是不受控制……」

「我知道，我知道。」南森連忙擺擺手，「撞車後呢？你還有意識嗎？」

「撞車後？我好像意識反倒強了，安全氣囊覆蓋了我的臉，手臂也受傷了，可能是酒一下就醒了吧。」巴特萊比劃着說，「哎，我想剎車或躲避，可是……」

「可是手腳就是不受控制。」本傑明跟着複述巴特萊的話，「我都會了，你還有點別的話嗎？」

「噢，噢，你也會了。」巴特萊很是尷尬，「我這不是很懊悔嗎，哎，真是不應該呀。」

「撞車後呢？你發現了什麼？」南森繼續問着，「我是說前車的情況。」

「我……我就是覺得疼，我沒注意前面的情況，我就想打電話給醫院，可是我的手臂疼，手機也不知道飛到什麼地方去了。」巴特萊露出痛苦的表情，「我的身體也卡住了，我就在那裏着急，但是用不上勁。最後，大概五、六分鐘後，一輛路過的車發現了我們，停下來報警，我才被救走的。」

「好的。我知道了。」南森說着站了起來，「那

麼⋯⋯你好好養傷，酒後駕駛的危害我就不和你多說了，你有了具體的感受了。」

「是，是，我再酒後駕駛，我就是隻小狗。」巴特萊發誓一般地說。

「小狗怎麼了？」保羅聽到這話，不滿地瞪着巴特萊。

「啊──」巴特萊叫了起來，他的雙眼像是要冒出來一樣，「小狗會說話──」

南森他們離開了房間，克里夫昏迷不醒，杜克醫生說等克里夫醒來，能和別人對話，他就會立即通知南森。南森他們出了醫院，駕車向旅館開去。

回到旅館，海倫來開門，派恩靠在沙發上，看到南森他們進來，有氣無力地招了招手。

「派恩，還很疼嗎？」南森進門就關切地問。

「吃了藥，現在好一些了。」派恩的聲音也很低，「就是有點睏⋯⋯」

「那就去休息。」南森連忙說，「好好休息，晚上還要吃消炎藥，如果有炎症，可能不能立即拔牙的。」

「我也想休息，可是我聽說來的路上你們遇到了一個魔怪⋯⋯」派恩繼續有氣無力地說。

「真是疼得亂説話了。」本傑明皺着眉説，「你不也是一起坐車來的嗎？是博士發現了魔怪跡象，不是魔怪，現在這事正在調查之中。」

「調查有結果了嗎？」海倫看着南森，焦急地問，「本傑明説在卡車車廂上發現了魔怪的血跡。」

「暫時還沒有，卡車司機昏迷中，大概明天能蘇醒，醫生會通知我們。」南森説，「魔怪血跡出現在卡車車廂上，是山魔的血跡，這一切都要等司機醒來，我們才能問清楚他知不知道車廂後那血跡斑痕是怎麼來的。」

「這邊有很多山，隱藏着山魔也很正常。」海倫説着向窗外看去，遠處能看到連綿的青山。

「問題是山魔藏在哪裏，怎麼會有山魔血跡出現在卡車車廂上。」本傑明接過話説。

「是呀。」南森若有所思地點點頭，「啊，警方説會陸續把司機等的相關資料整理出來，發給我參考，事發突然，他們也是剛介入這宗事故。」

南森説着走到桌子前，拿出電腦，打開後查看郵件，他看到了警方發送來的郵件，很是興奮。

「有郵件了，動作很快……道丁化學品有限公司，噢，卡車司機任職的公司，他是這家化學品公司的貨運司

山魔藏在哪裏呢？
為什麼卡車車廂上
會有山魔血跡？

機……」

　　南森説着，小助手們聽着。隨後，南森開始在電腦上查找起什麼來。本傑明看看身邊的派恩，派恩那老實的樣子，和平常完全就是兩個人，以至於本傑明都沒有招惹他的想法了。派恩半躺在沙發那裏，靠着沙發扶手，動都很少動，好像身體一動，就很疼一樣。

　　「真希望你今後一直是這個樣子呀。」本傑明看着派

30

恩，小聲地説道。

「你説什麼？」派恩微微張嘴，輕聲問道。

「噢，沒什麼。」本傑明連忙説，「我説你要早點好起來呀。」

南森忽然從桌子前站了起來，小助手們也立即都聚精會神起來，他們一起看着南森。

「威爾斯地區魔怪地圖顯示，這裏的山區，的確存在着山魔。一百多年前，三五成羣的活動還很頻繁呢，對人類也多有傷害。」南森很是嚴肅地説，「不過當地魔法師們隨即展開了聯合大圍捕，捕獲了多個山魔羣體，漏網的極少，因為從那以後，這個地區就再也沒有出現山魔的活動了。」

「會不會是外來的山魔跑到這裏駐紮下來了？」海倫問，「其實不是博士偶然發現山魔血跡，我們不會想到這裏的山間還有山魔，這邊似乎很多年都沒有山魔活動的跡象了。」

「也有這種可能。」南森説，「不管怎樣，外來的或是當年漏網的，只要存在，一定會對人類造成極大威脅，必須剷除……老伙計，你把山魔的特徵資料整理出一份來，大家都仔細看看，要擊敗對手，先要了解對手。」

第四章　莫名的停車

第二天一早，派恩睡得很沉，他是被本傑明叫起來的。派恩起來後，感覺沒有那麼疼了。到了醫院後，經過醫生檢查，的確是因為嚴重蛀牙引起的牙疼，需要拔牙，而牙齦的炎症並不重，可以進行拔牙。

能及時處理派恩的蛀牙，大家都很高興。整個拔牙過程不到半小時，拔掉牙的派恩牙齦有些腫脹，但是他的精神好了很多，好像是甩掉了一個包袱一樣，只是說話還不太清晰。

拿上醫生開的藥，他們開車回到了旅館裏。到了旅館後，派恩那一貫趾高氣昂的狀態恢復了八成，這令本傑明有些不開心，用不了恢復九成，和派恩的爭執或爭吵就要重開，本傑明堅決地這樣認為。

南森有些焦急地等待着醫院的消息，目前，派恩的牙也拔了，他可以完全無牽掛地投入到這個案子裏了，而且派恩的恢復，無疑增加了一份力量。

中午的時候，醫院終於傳來消息，克里夫完全清醒

了，經過醫生的診治，目前狀況很好。南森帶着小助手們，立即前往醫院。杜克醫生讓他們去向克里夫詢問，但是時間不宜過長。

進到病房裏，克里夫安靜地躺在那裏，他大概三十歲，金色的頭髮，看到南森他們進來，克里夫轉過頭，微微地點點頭，還笑了一笑，看得出來，他做出的這一切都很努力，畢竟他是個遭到嚴重撞擊傷後剛醒來的病患。

「克里夫先生，你好，我是倫敦魔幻偵探所的南森，這幾位是我的小助手。」南森走上前，自我介紹説。

「我知道，杜克醫生和我説了，你有事要問我。」克里夫看着南森，説道，「噢，請你坐下，那裏有椅子。」

南森連忙拉了一把椅子坐下，小助手們都站在南森身邊，一起看着克里夫，他們覺得這個克里夫是一個非常和藹的人。

「你的身體，感覺好些了吧。」南森很有禮貌地説。

「謝謝，只是感到沒有氣力，身體還有些疼，其他都好。」

「嗯，那我儘快問。」南森點點頭，「我想先知道出事的經過，為什麼你會在事發地段被撞到？根據現場情況，你是把車停在那裏的。」

為什麼克里夫會突然停車？

「我想説……為什麼把車停在那裏，我自己都不清楚。車是不能隨便就在公路上停下來的，我的車也沒有故障，但是我就是停在那裏了。」克里夫苦笑起來，「我的意識當時真是模糊了，我是突然發現自己停在了那裏。當然，那條路不是高速公路，是一般公路，但也不能隨便就停車呀。我當時就想下車看看到底發生了什麼，解下安全帶後，我剛拉開一點車門，後面有輛車就撞上來了，我的頭撞在駕駛台上，當場就暈過去了。」

「這就是事發經過？」南森多少有些吃驚，「你是説你都意識不到自己為什麼會把車停在那裏？」

「是的，聽上去很奇怪，對吧？但是就是那樣，我記得我把車開進了隧道，然後開出了隧道，但是不知道怎麼就停下了車，我好像丟了記憶。」克里夫説着有些激動起來，「其實，還有更奇怪的事呢……」

「什麼事？」南森連忙問。

「一周前，也有這麼一次，我也是這樣，莫名其妙地在那裏停了車。」克里夫的眼睛看着上面，回憶起來，「不過那次我覺得可能是睡眠不足或是精神狀態不好，自己都無意識地停車了，我隨即發動了車，一路上也極為小心，終於把車開到了目的地，後面幾天並沒有類似情況出

36

現，我當時以為可能就恍惚了那麼一下，直到這次，我又在那裏無意識地停車，這次我覺得很奇怪，並沒有立即發動汽車，而是想下車看看四周，看看究竟發生了什麼，但是隨即有一輛車撞了上來。」

「噢，這樣看起來，真的沒那麼簡單了。」南森說着看了看幾個小助手，「同一地方兩次莫名的停車……啊，冒昧地問一下，你在精神方面……」

「完全正常，一直就是這樣，我的生活也很普通，家庭和睦，我的精神狀態一直都很健康，所以我自己都奇怪，為什麼停下車而自己似乎是全然不知。」克里夫有些疑惑，並很痛苦地說。

「我想請問，這條道路你經常經過嗎？我知道你是道丁化學品公司的司機。」南森早就掏出了筆和紙，在紙上記着什麼。

「每周四次，周三不發貨。固定時間，固定路線，每次都是早上八點半出發。我們公司在雷克瑟姆，我要把貨品送到科爾文港，然後裝船運送到世界各地的客戶那裏，而事發地，就是里辛鎮的那段路，是我們公司到港口的中間必經之地。」克里夫說，「我已經在這條路上送了五年的貨了，對這段路是瞭若指掌，以前都沒問題，可是就是

這兩次,莫名地停車,這一次還被追尾了。」

「那麼,你最近有沒有遇到過靈異事件呢?或者説你去過什麼墓地、荒棄古堡、老屋、深山峽谷這種地方嗎?」

「沒有,全都沒有。」克里夫説,「我最近哪都沒有去,更沒有遇到什麼靈異事件。」

「我們在你的卡車車廂側面,靠近後車門位置,發現了魔怪的血跡。」南森平靜地説,他擔心引起克里夫的巨大反應,畢竟他還是個患者。

「魔怪的血跡?」克里夫大為吃驚,他瞪大了眼睛,「怎麼會有魔怪的血跡?魔怪血跡什麼樣的?我、我什麼都不知道。」

南森看了看保羅,保羅跳到南森身上,隨即,後背升起一塊熒幕,熒幕上就是他拍攝的山魔血跡,非常清晰,有好幾張。保羅一張一張地放給克里夫看。

「這、這就是魔怪血跡?」克里夫看到山魔血跡,似乎倒是平靜了很多,應該是這種血跡看上去沒有那麼恐怖的原因,「你們怎麼知道這是魔怪血跡?」

「我們……」南森倒是一時語塞了,不過他也不想解釋,「請問你這個痕跡前幾天有沒有?」

「沒有，絕對沒有。」克里夫堅決地説，「早上裝車的時候都沒有，我當時就在車尾，裝卸完畢我要檢視一下，然後簽字並關閉車門，這是我們的流程，當時我沒有看到這些痕跡，我相信裝卸員也沒有看到，你也可以去問他們。」

「那也就是路上濺上這些痕跡的。」南森讓保羅收起熒幕，隨後把保羅放到地上。克里夫居然掙扎着想起來看看保羅，他對保羅明顯很感興趣，不過被南森制止住，「那麼一路上，你感覺到車尾有什麼異常嗎？」

「沒有，我可是一路行駛的，在其他地方可沒有停過車。」克里夫説，「出現的異常就是後車撞了上來，可是那輛車也是撞了我的車尾，沒有撞車廂側面。」

「你停車的那一小段時間呢？後車尾那裏有什麼異常？」

「也沒有。」

「好，車裏運送的是什麼？」

「碳酸鈉，我們公司的產品，銷往世界各地。」

「好。」南森説着收起了紙和筆，「那麼，你好好養傷，啊，我們可能還會來麻煩你。」

「我不會有什麼危險吧？」克里夫有些害怕地説，

「為什麼我的車有魔怪血跡呢？是不是魔怪撞我的車？」

「你安心養傷，魔怪要是想在那段路上害你，早就得手了。」南森平穩地說，「這件事交給我們辦理吧，你不用多想。」

南森他們離開了醫院，從克里夫這裏，似乎沒有得到什麼特別的資訊，本傑明來之前還一度覺得克里夫有可能直面魔怪呢，但是想了想，如果魔怪被看到，不會輕易放過克里夫的。果然，根據克里夫所說，本傑明覺得沒有什麼大收穫。

第五章　小路通向哪裏

他們回到了旅館裏，一回去，南森就拿出電腦，並且把剛才記錄的那張紙拿出來，在那裏仔細研究起來。小助手們則坐在一邊，派恩此時的狀態明顯好了很多，他又在那裏搖頭晃腦的了，本傑明覺得要不是看到南森在進行研究，他一定又得意洋洋地説這説那了。

「保羅，你見過巴特萊，也見過克里夫，這兩個人的身上都沒有和魔怪接觸過的跡象吧？」海倫小聲地問保羅。

「沒有，絕對沒有，兩個正常人，啊，巴特萊有點不太正常，嗜酒如命。」保羅説，「但是都沒有和魔怪接觸過的痕跡。」

「這個案子很怪呀，哪裏冒出來的魔怪血跡呢？」海倫一直疑惑的就是這個問題。

「會不會是路過的魔怪，被克里夫給撞了，血濺到了車廂上？」派恩想了想，説道。

「你這思路，真是無限誇張呀。」本傑明立即不滿

41

地說，「卡車撞魔怪，撞的可是魔怪，魔怪根本就不受影響的，卡車又不是鏟滅魔怪的武器，再說了，就算撞到魔怪，也是車頭撞擊，後車廂怎麼撞擊魔怪？」

「這個⋯⋯」派恩眨眨眼，「你這樣說，倒是把我天下第一超級無敵魔幻小神探給問住了⋯⋯」

「天下第一牙疼小笨蛋，去一邊休息。」本傑明指了指沙發的一角，「不要打攪博士的思路，還有我的思路。」

「啊，你還有思路呢⋯⋯」派恩立即諷刺地說。

「小點聲。」海倫擺了擺手。

南森忽然轉過身來，向小助手們招招手，小助手們連忙走了過去。

「這個案件，看起來的確很難辦呀。」南森說着又看看電腦熒幕，熒幕顯示的是事發地段的地圖，「一輛被追尾的車的車廂上，出現了魔怪血跡，具體說是山魔的血跡，而兩個司機都不是和魔怪有所接觸的人⋯⋯不過呢，你們看看地圖，好像我們去查找的範圍也不算很大。」

小助手們都把頭湊向電腦，南森指着地圖。

「雷克瑟姆鎮到科爾文港，大概五十公里，里辛鎮就在兩地的中間，而車禍發生在距離里辛鎮三公里遠的地

方。克里夫在發車的時候，還沒有看見山魔血跡，而他的車是在半路上停車被撞的，也就是説山魔痕跡出現在雷克瑟姆鎮到里辛鎮前三公里這二十二公里的路段上。」南森很是縝密地説。

「這一段路一定發生了什麼。」海倫看着電腦熒幕上的地圖，點着頭説。

「重點還是在這裏……」南森指着撞車的事發地，「這條公路叫做C3公路，那條長隧道，叫舍曼山隧道，因為是在舍曼山下開鑿的隧道，出了隧道三百米，就是事發地。克里夫莫名地在事發地停車，接着發生了追尾事故，這裏是我們要勘查的重點。」

「博士，我們要去勘查這個路段嗎？」本傑明問。

「全路段勘查，沿途的地形地貌都要記錄，還要檢測有沒有魔怪痕跡。」南森的語氣果斷，「當事人的論述我們掌握了，但是透露出來的信息有限，現場勘查是我們調查真相的重要手段了。」

「博士，道路兩側都是山林，林木茂盛，最適宜山魔隱身了。」保羅豎立着身子，強調地説。

「如果能找到山魔或者可能的山魔藏身點，那麼問題就基本解決了。」南森的語氣有些沉悶，「但是這一片地

區雖然林木茂盛，也早被威爾斯的魔法師聯合會疏理過，有沒有魔怪存在的可能性確實存疑……不過事情已經發生了，按照操作流程，我們也要把這一路段疏理一遍，總之，大家努力，不能放過任何角落、任何的可疑跡象。」

「博士，你說大白天的，魔怪在停下來的車廂旁打鬥，留下那個血跡，可能嗎？」派恩看看南森，問道。

「你是說車廂上的血跡是魔怪打鬥後留下的？」南森問。

「是呀，還能怎樣呢？」派恩聳聳肩，「也有可能就是卡車行駛的時候，魔怪在路邊打鬥，血跡濺到了車廂上，反正就是魔怪打鬥。」

「大白天在公路上打鬥，山魔似乎沒有這個膽量，而且那天陽光很好，山魔和其他魔怪一樣，也懼怕陽光。」南森環視着大家，「在公路上打鬥的可能性，非常低。」

「而且我看了那個痕跡，如果是卡車停下來，山魔打鬥，濺上痕跡，還有一點點可能。」海倫比劃着說，「但是行進中的卡車被濺上血跡，可能性完全沒有。」

「為什麼？」派恩連忙問。

「因為行進中濺上的血跡和卡車靜止時濺上的血跡，形態上有不同，我們看到的血跡，有幾條向下的流淌線，

卡車行進是飛濺上的血跡，流淌線會向右，那是因為風吹的緣故。」海倫一口氣地説完，看得出，這是她深思熟慮的結果。

「有道理，有道理。」本傑明連忙説，「海倫，和你相比，派恩就是個笨蛋。」

「本傑明，你不要繞着圈子貶損別人！」派恩生氣了。

「我怎麼繞圈子了？」本傑明看看派恩，「我是直接貶損的。」

「你？」派恩瞪大了眼睛，怒視着本傑明。

「停止──停止──」海倫連忙拉開他倆，「我還不如不説呢。」

本傑明和派恩就是這樣，總是在小事上計較一番，總是喜歡抓住對方的疏漏進行指責，不過兩人還是知道事情的輕重的。現在看，南森提出的勘驗事發地點和路段就是一個解決問題的方向。事不宜遲，南森和幾個小助手出了旅館，南森開車前往事發地點，他們先要對那裏進行勘驗，隨後再一路前往克里夫送貨的出發地，也就是雷克瑟姆鎮。

出了里辛鎮，他們很快就來到了事發地點，南森把汽

車停在了緊靠路邊的地方，他也怕後面再上來一輛車，造成追尾事故。儘管克里夫的卡車被追尾是因為醉酒駕駛造成的，但是南森也難免心有餘悸。

事發地段，靜悄悄的，一輛汽車也沒有。這裏的兩側都是樹林，一側樹林樹木稀少，事發車道一側是林木較為茂盛。大家下車後，本傑明拿着幽靈雷達就跑進這個樹林裏，探測着幽靈反應。

「我記得，克里夫就停在這個位置。」海倫指着空曠的道路上的一處説，「他的車大概六米長，這裏是車頭，向後六米就是車尾。」

「這麼確定嗎？」南森笑了笑。

「有參照物呀。」海倫認真地説，「博士，這也是你教的，車頭位置有一棵樹，樹上有個鳥巢，卡車被拖走了，樹還在。」

「嗯，觀察得很仔細。」南森滿意地點着頭，「那就看看，能不能找到克里夫在這裏莫名停車的原因。」

「博士，這裏很普通，整條路都很普通，就是兩邊都是樹，然後是一條公路。」保羅走過來説，「我測試過了，周圍八百米範圍呢，沒有魔怪反應。」

「我們再仔細找找。」南森看着樹林深處，意味深長

地説。

派恩此時完全恢復了平常的狀態，他拿着幽靈雷達，跑到了另外一面的樹林裏，這裏林木稀少，光線很好，他用幽靈雷達一路探測着，一直向前，前面有個下坡，然後是一條很窄的小溪，溪水歡快地流淌着，派恩跨過小溪，爬到對面的坡上，上面又是一些樹木。派恩回頭看看，他起碼走進樹林五百米，可是走了這麼深，什麼異常的地方都沒有，這裏就像是從未有人涉足一樣。

南森和海倫、保羅沿着事發地段，向隧道方向走着，走了大概二十多米遠，出現了一條岔路，岔路通向這一側的樹林深處，這條路很窄，是條土路，大概只能行駛一輛汽車。

「這有一條路呀。」海倫説，「昨天也看見了，不知道這條路通向哪裏？」

「去看一看。」南森説着就轉進小路上。

「好像是一條普通的林間小路。」保羅邊説邊向前跑，「地圖上沒有標出來……噢，樹林裏跑出來個小魔怪。」

前面，有個人影一閃，本傑明從樹林裏走出來，站在小路上，看到南森他們走來，揮了揮手。

「博士，我在樹林裏沒找到什麼。」

「這條路通到哪裏？」南森走過來，問道。

「噢，我也不知道，去前面看看吧。」本傑明説。

他們一起向前走去，走了兩百多米，來到一座小山的山下，林間小路到了盡頭，再向前就是上山了。本傑明向山上又走了十幾米，山坡不算很陡，山上也都是林木。

「沒什麼，這裏也沒什麼。」本傑明用手裏的幽靈雷達對着山上探測了一下，隨後説。

南森他們轉身向回走，他邊走邊看着兩側的樹林，像是極力要發現什麼一樣，但是馬上走出這林間小路了，也沒有什麼發現。

「稍等一下。」南森就要走到路口了，忽然説道，他仔細地看着地面。

海倫和本傑明跟着站住，保羅走到南森的身邊。

「這裏有一道車輪印記呀。」南森説着蹲下了身子。路口這裏，的確有一條淺淺的車輪輪胎印，因為這裏是土路，所以依稀可見，不過這個車輪印不長，大概只有兩米，「是某輛車留下的……在路口轉彎了，最前面的印記明顯轉向公路了。」

「轉到了開往里辛鎮的方向，不過到了公路上，印記

49

就消失了。」海倫也仔細地看着那條輪胎印，隨後又看看旁邊，「只有一條，地面太硬，另外一條應該是沒有印上去。」

「那天拖車在這裏拖走了兩輛出事的汽車。」本傑明看着那個淡淡的車輪印説，「會不會是拖車在這裏留下的，或者是拖車拖拉出事車輛時留下的？」

「這裏距離轎車最近，對吧？」南森看了看本傑明，「就是巴特萊肇事的那輛車。」

「對，那輛肇事車就停在這個車路口北邊不到二十米的地方。」本傑明説着指了指前面，「就在那裏。」

「老伙計，先把這裏拍照。」南森站了起來，指了指地面上的輪胎印。

保羅連忙圍着輪胎印進行拍照，他的雙眼切換成了照相機鏡頭的模式，他一連拍了十張照片。

保羅拍照完畢，南森向前走了兩米就轉出了岔路，來到了公路上。南森站在路邊，海倫和本傑明向隧道方向走去，一邊走一邊用幽靈雷達探測着。這時，派恩從對面的樹林裏走了出來，看到南森，擺了擺手，意思是自己什麼都沒發現。

第六章　輪胎印記

南森看着兩側的樹林，遠處的小山。這時，一輛汽車從隧道方向開過來，車速比較快，這輛車「唰」地一下就從南森身邊開走了。

南森看了看遠去的汽車，這條路的確車輛稀少，這麼長時間才開過來一輛車。

「好了，這邊先結束。」南森向幾個小助手招招手，「現在我們去雷克瑟姆鎮——」

大家再次集合，上了南森的汽車，南森發動了汽車，汽車向南，也就是雷克瑟姆鎮方向開去，那裏是克里夫發車的地方。

「注意兩側樹林的情況。」南森提醒着幾個小助手。此時，海倫和本傑明一左一右地在車的兩側，用幽靈雷達對着各自一邊的樹林，進行魔怪反應探測。

「要進隧道了。」派恩坐在副駕駛的位置上，說道。

南森把車開進了舍曼山隧道，這條隧道有三百米長，從舍曼山底穿越，隧道中燈光明亮。

「噢，這條隧道——」保羅在後排座位的中央，看着外面説。

「怎麼了？」本傑明問道。

「不好，氣氛不對。」保羅晃着腦袋説，「反正這就是我的感覺。」

「氣氛？」本傑明看看隧道兩側，隧道裏呈現着黃色的光，無論是自己這邊的車道，還是對面車道，一輛汽車都沒有，「可能是太過安靜吧，這真是一條車輛稀少的道路……」

三百米長的隧道，南森很快就開出去了，外面又是一片陰天，還有微微的風。開出隧道後，前面道路的兩側還是樹林，不過各自向外一百米，就是別的山的山腳了，這裏的山都不算高，遠看綠油油的，很是漂亮。

「博士，那邊有登山者——」派恩指着自己這邊的小山，喊道。

道路側邊的小山的半山腰，有一條小路，上面行走着五個背着登山包的人，正在向山頂攀爬，他們的衣着非常顯眼，掩映在綠色的山中間，讓整座山的氣氛都顯得生氣勃勃。

「可能是旅行的人。」南森看了一眼説，「閒暇的時

候在這邊爬爬山，倒也是不錯，這裏風景不錯。」

開出隧道後，南森把車速降低，小助手們用幽靈雷達探測着兩側的山間，保羅也不停地向外發射着探測信號，他們要找出這山間可能隱藏的魔怪。不過行進了十多公里，都已經開到了他們去過的那個德普鎮了，還是什麼都沒有發現。

南森開車從德普鎮旁的一條公路駛過，他們是在走克里夫的運貨路線，前面還有不到十公里，就是克里夫任職的化學品公司所在的雷克瑟姆鎮了，從地圖上看，這個鎮子不算大。

一路之上，南森他們看到一個算是有些特點的景象，那就是道路上的汽車不多，但是山間爬山的人卻不少，這片的山都不算很高，山勢也不陡峭，特別適合山間旅行。

南森又開了一會車，前方，就是雷克瑟姆鎮了。道丁化學品公司就在雷克瑟姆鎮的北面，這是一家中等規模的公司，克里夫説過，雷克瑟姆鎮及周圍很多地方的人都在這裏上班，克里夫家就住在雷克瑟姆鎮上。

「我們不用把車開到道丁公司裏面去吧？」派恩問身邊的南森。

「不用，把車開到大門口即可。」南森看着導航儀，

說道。

「威爾斯魔法師聯合會北部分會就在這個鎮子上，我們也不用去拜訪吧？」本傑明把頭湊向前問，「我是從地圖上看到的，前幾天開會的時候，遇到幾個魔法師，他們也說是從這裏來的。」

「不用去了。我會打電話去問一下，這個鎮子或者附近山林有沒有什麼異常情況。」南森把車已經開到了道丁化學品公司門口，「其實如果真有什麼異常，他們早就行動了，所以應該也問不到什麼。」

「啊，到公司門口了。」本傑明用幽靈雷達對着公司裏連續探測，「這裏面也沒什麼，我覺得山魔在這裏搏鬥把血濺到車廂上的可能性不大，大白天的，他們絕對沒有膽量跑到人類工作的地方。」

「是呀。」南森沒有下車，只是把手放在方向盤上，「這裏算我們的終點站，這一路上沒什麼發現，大家怎麼看我們的下一步？」

「山魔可能藏在更深的山裏，只沿着道路兩邊搜索可能找不到山魔。」本傑明第一個說。

「可能性很大，但是向道路兩邊縱向搜索，僅憑我們幾個，不知道要搜索到什麼時候，而且目標也不能確定，

我們會比較盲目地搜尋。」南森的語氣很是無奈。

「山魔為什麼會大白天在卡車車廂上留下血跡呢？」海倫滿臉的愁雲，「我們應該沿着這條線索查下去……」

「我們不是正在查這個問題嗎？」派恩疑惑地問海倫。

「不是這個意思，我是說我們是不是應該圍繞着那輛卡車查找，看看有什麼線索。」海倫看看派恩。

正說着，一輛卡車從道丁化學品公司裏開了出來，這輛卡車和克里夫的那輛一模一樣，當然駕駛員不是克里夫，應該都是這家公司的運貨卡車。

卡車開出工廠大門，經過了南森的車，隨後開上公路，向前駛去。

「危險，化學品。」派恩唸着那輛車的車尾大門下方的提示文字，文字上方還畫着一個三角形的標記。

「克里夫那輛車就沒有這個標記，他運送的好像不是危險化學品。」本傑明隨着派恩的聲音，也看到了車尾那些文字。

「克里夫運送的好像叫……碳酸鈉……」南森想了想說。

「對，就是碳酸鈉。」海倫點着頭說。

「這家公司出產的化學品，也應該查查，上網能查到。」南森說着拿出了手機。

「還不如我進去問問。」海倫說。

「不用驚動裏面的人，公司有網站，一定會介紹自己的產品。」南森說着忽然看看保羅，「老伙計，你來查詢一下那個輪胎印記，是拖車的還是肇事轎車的，這個我們一定要確定，最重要的是看看是否克里夫那輛車的，剛才我看到開出來的那輛車的輪胎，和我們看到岔路口的輪胎印記似乎一致呀。」

「稍等，我開始查，克里夫的車我都拍照了，車型也能查到。」保羅說着就啟動了自己身體裏的查詢系統。

南森低頭看着手機，他已經打開網頁，找到了道丁化學品公司的主頁，果然，和其他公司一樣，這家公司的網站詳盡地介紹了公司歷程、公司的機構，以及公司的管理層，最為重要的，網站上有自己產品的全面介紹，可以算做一種廣告形式。

「……克里夫說他運送的是『碳酸鈉』，應該是簡稱，他們公司唯一的碳酸鈉產品，應該叫『高純度乾燥碳酸鈉』……」南森看着網站上的產品介紹，似乎是在自言自語，「用途主要是玻璃製造……嗯，有情況呀……」

「高純度乾燥碳酸鈉？」海倫聽到了南森的話，皺起了眉，「這種東西……我想想……」

「不用想了，在魔法界，這是一種強力魔藥的配方。」本傑明平靜地説，「增強魔力，還有替代食物的功能。」

「本傑明──」海倫吃驚地看着本傑明，「你、你居然知道──」

「不用那麼大驚小怪的，我也是牛津大學捉妖系的，魔藥課教授講高純度乾燥碳酸鈉用途的時候我偏偏沒有睡

覺，恰好聽到了，行了吧。」本傑明很是不屑地瞪着海倫，「弄得好像我全是在混日子一樣，就像派恩那樣。」

「不是那個意思⋯⋯」海倫有些不好意思地解釋道。

「那是哪個意思？」派恩明顯不高興了，「你們兩個說說，我怎麼混日子了？」

「可以啦，不要吵啦——」保羅在後座椅上跳了兩下，「輪胎我也查到了，高純度乾燥碳酸鈉我也搜索了一下，先說這個，沒錯，和本傑明説的一樣，這是一種配置強力魔藥的重要配方——」

「如果是這樣，山魔血跡的出現，似乎和這種魔藥配方有某種聯繫。」南森的表情有那麼一點點的激動，「那麼輪胎呢？老伙計，你查到了什麼？」

「我查找了克里夫駕駛的那輛卡車的輪胎型號，和岔路口那裏的輪胎印記是同樣一種，肇事轎車和拖車的輪胎都不是。」保羅大聲地説，「博士，岔路口向前大概二十米是肇事轎車停車的地方，再往前才是克里夫的卡車，所以説拖車的時候，克里夫的卡車不大可能退到岔路口那裏，也就是説克里夫的卡車或許在莫名的停車前，到過岔路裏。」

「是這樣呀。」南森的表情忽然嚴肅起來，「我有大

意的地方，當時我覺得那個輪胎印記可能是肇事轎車的，或者是拖車的，沒想到真是克里夫的卡車的，問題有些嚴重呀……」

「克里夫的卡車到過岔路裏？克里夫可沒有這段回憶呀，他就說突然發現自己的車停在公路邊，絕對不是岔路呀。」海倫也非常疑惑，「再說，那是一條死路，盡頭是一座小山，克里夫把車開進去又倒出來？這是幹什麼？」

「海倫最後這句話，是關鍵。」南森皺着眉，扶着方向盤，「克里夫把車開進去，又倒出來……為什麼他有這個舉動？」

「關鍵是他根本就沒有這段記憶了。」海倫連忙說。

「這也很關鍵。」南森點點頭，「我們能得到一個明顯的證據，就是克里夫的卡車到過那個岔路裏。大家稍等一下，我先給醫院打個電話，讓克里夫回憶一下他是否把車開進過岔路。」

說着，南森拿出了手機，小助手們都看着他。南森撥打了醫院的總機，先是找到了杜克醫生，請杜克醫生把電話拿給了克里夫，兩人隨即開始了通話。

幾分鐘後，南森收起了電話。

「……克里夫說他根本就沒有把車開進岔路，因為他

多年在那條公路上送貨，所以知道那裏有個岔路，但是他沒有開車進去，他只是記得自己不知為何就停在路邊了，但停車的地方不在岔路口，而是在岔路口的前面。」南森環視着幾個小助手，説道。

「但是他的車的確進過岔路，否則輪胎印不會在那裏。」海倫説，「他不記得自己把車開進岔路很正常，就像他自己也不知道為什麼會把車停在路邊一樣。」

「你是説……他被迷惑了……」本傑明看看海倫。

「沒錯，現在我們把掌握的關鍵點找出來。」海倫有些興奮地看着大家，「車廂上有山魔血跡，而車廂裏是魔怪煉製魔藥的重要配方，貨運卡車莫名地停在了路邊，之前應該還進過岔路裏……線索開始清晰起來了，但是缺乏證據鏈把這些已知關鍵點串聯起來。」

「串聯起來，事件的前因後果也就浮出水面了。」南森想了想，「證據鏈缺乏，原因還是證據少……我們還要去岔路那裏，卡車為什麼在岔路裏？這是我們目前的重要方向。」

「要去岔路那裏……」派恩求證似地問。

「去岔路那裏。」南森説着發動了汽車，「我們的目的更明確了，我想我們會有更大的收穫。」

第七章　地面上的魔怪血跡

汽車開上了公路，南森堅定地目視着前方，幾個小助手也都信心滿滿。案件的偵破出現了一個焦點，儘管他們不久前對那裏進行過搜索，但是有些盲目，現在正如南森所説，目的更明確了，這是非常重要的。

沒一會，他們穿過舍曼山隧道，來到了那個岔路口。南森直接把車停在了岔路口前，大家下了車，隨後全部走進岔路口。

「檢查車輪印，看看克里夫的車究竟開進去多深。」南森一下車就部署道，「注意路和兩邊有沒有細小的魔怪痕跡。」

小助手們答應一聲，開始從路口這裏向裏面搜尋，那個輪胎印還在，南森盯着看了一會。前面，本傑明和派恩已經走進去十多米了，他倆仔細地低着頭，看着地面上的一切。看上去這是一條土路，地面上也很平整，有一些落葉、斷枝，還有一些小石子。

南森向小路深處看去，一直向前三十多米的地方，小

路有個轉彎，所以一眼不能望到底，南森判斷，從路口這裏到前面的山腳下，這條路的長度在一百米左右。

海倫用幽靈雷達仔細地探測着地面，也看着路的兩邊，忽然，路邊的一棵樹的樹幹上，有一道擦痕，看上去很新，海倫蹲下去仔細看着，隨後把擦痕拍了下來。

「博士——博士——」本傑明和派恩的聲音忽然傳來，兩人都比較激動。

一直在南森身邊的保羅聽到聲音，飛地跑了過去，南森和海倫也連忙向前面跑去。他們轉過小路的轉彎，看到本傑明和派恩已經在路的盡頭了，兩人激動地揮着手。

保羅跑了過去，南森和海倫隨即趕到。

「車輪印，克里夫的卡車。」派恩指着地面上兩條長約三米的汽車輪胎印記説，「這裏有浮土，所以兩條車輪印全都有，而且很清晰。」

「克里夫把車開到這裏幹什麼？」海倫看着輪胎印説。

「也許不是他能掌控的，他連自己怎麼把車停在路邊都是記憶模糊的。」南森蹲下身子，看着那輪胎印，「如果這一切都被控制，也是非常可能的。」

「山魔控制他開車，有可能呀。」派恩點着頭，然後

指了指路盡頭的樹林,「再開就開到樹林裏了,可是有樹擋着,開不進去。」

南森忽然抬頭,看着派恩,那眼光很是突然,派恩一愣。

「派恩,你的這種説法……」南森用力點點頭,「有啟發,有新意……」

「啊?」派恩連忙不停地點頭,「我覺得也是,有啟發,有新意,不過……有什麼啟發?有什麼新意?」

「如果山魔控制克里夫,那麼一切皆有可能,克里夫的車也許是從隧道出來後,開進這條岔路,可是有沒有可能克里夫的車是從樹林裏開出來的呢?」南森指着樹林,認真地説。

「那怎麼可能?樹那麼密,卡車很大……」本傑明立即叫了起來。

「如果用穿牆術來移動卡車,完全有可能。」海倫在一邊,比較平靜地説。

「穿牆術?」本傑明一愣,隨即點點頭,「確實,用穿牆術可以把卡車運進運出樹林,只要那魔怪的法術力量足夠大。」

「把卡車運進運出?」派恩還是一臉疑惑,他忽然笑

了笑，「儘管我的啟發，啟發了大家，但是為什麼魔怪要把卡車運進運出？我⋯⋯其實也知道為什麼，我就是想確認一下。」

「和運送的高純度乾燥碳酸鈉有關，這是強力魔藥的重要配方，山魔要在樹林裏隱蔽地獲取這個物品。」海倫看看派恩，「這是我的推斷。」

「非常明晰的推斷，這是我們現在就要做的工作。」南森説着指了指樹林，「我們進到樹林裏去，如果能找到卡車在裏面的痕跡，那麼距離真相，就更近了。」

「博士，那邊我去過，不過只走了幾十米。」本傑明指着前面的山坡説，「上面都是樹木。」

「整個這片樹林的範圍，我們要全力搜索。」南森比劃着説，他説着指了指舍曼山方向，「這邊的樹林也要搜索。本傑明，你還是向東，上山查看，海倫，你和派恩向南，去舍曼山方向查看，我和保羅去北面的樹林，我們用對講機聯繫⋯⋯」

南森的搜查範圍包含了東、北、南三個方向，而西面的樹林被公路隔開，岔路也不在那邊，所以南森的搜查方向不包括西面。他們按照各自的方向前進，本傑明爬到山上，而北面和南面各自都是一片平地樹林，南森和海倫他

們進了樹林裏。

南森帶着保羅走進了北面的樹林有近百米,這裏的林木茂密,行進比較困難,忽然,他的對講機裏傳來海倫的聲音。

「博士,我這裏看到一塊牌子,上面寫着『此處向上是舍曼山隧道,禁止前行,禁止攀爬』。我們是否向前搜索?」

「舍曼山下是隧道,爬上去蹬落山石會對下面的車輛造成傷害。」南森想了想,「所以會立這樣一塊牌子……等一下……」

南森説着話,已經站在了原地,他的眉毛忽然都豎了起來,轉身向回走去。

「你們先在那裏等着,我們馬上過來。」南森急促地説,他把對講機調到了本傑明的頻道上,「本傑明,現在你去海倫那裏,我也馬上過去。」

「收到。」本傑明的話從對講耳機裏傳出,「我馬上下山。」

不到十分鐘,南森帶着保羅來到了林地的南面,他剛到,身邊的樹林一片「嘩嘩」的聲音,本傑明撥開一些低矮的樹枝,也走了過來。

「就是這塊牌子。」海倫指着一塊豎起來的牌子說，牌子上寫着海倫剛才唸的那段話，還畫着警示標誌。

「這裏有很多登山客，這是警示登山客的。附近應該還有這樣的牌子，豎立在舍曼山腳下，阻止登山客進入。」南森看着那塊牌子說，「不過這已經為我們指明了一個方向了，登山客看到這塊牌子，就會停止前進，那麼舍曼山腳下和舍曼山上，對山魔來說，就是一個隱蔽的地方，要做什麼事，在前面這片區域，對它來說最安全。」

「博士，你是說我們的搜索重點應該是這裏面？」本傑明指着牌子的方向說。

「對。」南森點點頭，「現在我們進去，注意，如果登山，使用輕身術，絕對不能把山石蹬踏下去。」

小助手們都點點頭，南森叫大家一字排開，每人之間相距二、三十米的距離，越過那塊牌子，走進了牌子後的山林，這裏還是一片平地，再向前近百米，就是舍曼山了。

他們拉網式地向前行進了幾十米，本傑明越過一棵大樹後，前面出現了一片空地，這片空地比較整齊，大概十米長，四米寬，地面上的樹木都被貼地砍斷。

「博士——你們快過來——」本傑明激動地喊了

起來。

　　地面之上，有一處明顯輪胎印的地方，不能不讓本傑明激動，這處輪胎印相隔兩米的地方，又有一處不那麼明顯的輪胎印。

　　南森他們聽到本傑明的喊聲，全部跑了過來，本傑明還在激動地找着其他痕跡，看到南森他們過來，本傑明連忙叫保羅檢測，發現的輪胎印是否就是克里夫的汽車的。

　　「這裏的長寬，應該就是為克里夫的那輛卡車準備的。」南森指着四下説。

　　「要是不進來，沒人會發現有這樣一個地方的。」海倫有些驚歎地説。

　　「博士──」本傑明突然大喊起來，他用手裏的幽靈雷達對着一處地面，「這裏有魔怪反應……是魔怪血跡──」

　　南森他們連忙跑過去，本傑明檢測的地面上，有一個墨綠色的斑塊，硬幣大小，斑塊附近還有幾個黃豆大小的黑點。

　　「博士，檢測結果有了，這裏的輪胎印就是克里夫的卡車的。」保羅跑過來説，「一模一樣，克里夫的卡車到過這裏。」

「老伙計，現在看一下這些血跡是否克里夫車廂上山魔的血跡？」南森指着地面説。

保羅連忙低下頭，雙眼射出掃描線，檢測這地面上那斑塊和黑點。很快，他收起掃描線，抬頭看着南森。

「沒錯，和克里夫車廂上的血跡出自於同一個山魔。」保羅説，「這幾處血跡的魔怪反應被樹林層層阻隔，我們在外面是探測不到的。」

無疑，目前這個案件取得了重大進展。小助手們全都很是興奮，更多的線索一一浮出水面。

「這裏有山魔⋯⋯」

本傑明拿着幽靈雷達，對着四下照射着，「也許正在看着我們……」

「這個不用擔心，這幾處血跡的面積太小，我的探測信號被樹林阻隔，但是山魔那麼大的身軀，散發出來的魔怪反應很強烈，八百米範圍內我能馬上探測到。」保羅晃着腦袋説，「要是有山魔靠近，我早就發現了。」

「現在我們可以大致疏理一下這個案件了。」南森像是在進行總結，「克里夫的卡車上運送的是高純度乾燥碳酸鈉，而這正是山魔煉製強力魔藥的重要配方，所以山魔盯上了克里夫的卡車，利用某種手段，把卡車弄到了這裏。把卡車弄到這裏的目的，應該是盜竊魔藥配方，然後，山魔又利用某種手段，把克里夫的卡車弄到了公路上，整個過程，克里夫都是昏迷的，這當然也是山魔的手段。醒來後，克里夫發現自己停在路邊，但不知道為什麼會這樣，第一次無奈地把車開走，第二次想下車看看，結果一輛醉鬼開的車撞了上來，克里夫傷重住院。」

「就是這樣的，山魔迷惑住克里夫，把卡車弄到這裏來，一定是盜竊那魔藥配方。用穿牆術的手法，把卡車弄到這裏，盜取車上的碳酸鈉，然後再把車用穿牆術弄到岔路上，隨後推到公路上，弄醒克里夫。我剛才在那條岔

72

路上看到一棵樹上有新的擦痕呢，應該是卡車出岔路的時候，由於路窄刮擦造成的，只不過刮擦得不嚴重。」海倫很是贊同地點着頭，「關鍵是，克里夫開着車，怎麼會被弄到這裏來了？」

「現場怎麼會有山魔的血跡？」本傑明連忙補充說，「肯定不是克里夫和山魔打鬥造成的，克里夫打不過山魔，他是普通人。」

「本傑明這個問題，相對來說推斷容易。」南森說着又看了看那個斑塊，「也許是山魔不小心弄傷自己留下的，不過這種可能性也不大，最大可能不是一個山魔在這裏，而是多個山魔，並且發生了打鬥，血跡濺在了克里夫的車上，並且滴在了這裏。」

「好幾個山魔？」派恩略有驚異，不過隨即笑了笑，「這下我們會比較忙了，要對付好幾個。」

「我的追妖導彈——」保羅說着弓起身子，擺了擺後背，語氣堅定，「一個也不會放過。」

「山魔數量不怕多，而且我想也不會很多。」南森一副思索的樣子，「怎麼找到這些山魔，這是關鍵呀。」

「這邊的山連綿不絕。」海倫遙望着遠處的羣山，很是感歎，「要是拉網搜索，要多少人力呀，就是把前幾天

參加研討會的魔法師都找來，我看也不夠。」

「其實……」南森說着頓了頓，「可以讓山魔來找我們。」

小助手們聽到這句話，全都愣住了。

第八章　新司機

「整個事件的脈絡，已經浮出水面，就是山魔需要魔藥配方，利用穿牆術把卡車搬到這裏，但是山魔在什麼地方把行進中的卡車搬到這裏，我們還不知道，這也影響我們找到山魔。」南森看着大家，「魔藥配方，尤其是重要的魔藥配方，對魔怪來説，那是越多越好，現在看，他們對克里夫實施了兩次迷幻手段了，當然，並不是針對克里夫本人，而是他卡車上的碳酸鈉，還有沒有第三次、第四次的行動呢，一定有，撞車的事故也不會影響道丁公司繼續運送貨物……如果現在我們來扮演克里夫的角色，也來運輸碳酸鈉，那麼山魔就會對我們的卡車下手，這就是我説的讓山魔來找我們。」

「博士，我明白你的意思了。」派恩興奮地點着頭，比劃着，「要是我們開着卡車，山魔一定前來竊取碳酸鈉，到時候我們正好把它們抓捕。」

「還用複述一遍？」本傑明也一臉興奮，不過他不屑地看着派恩，「博士就是這個意思。」

　　第二天，早上八點，經過聯繫，南森他們來到了道丁化學品公司，公司的主管波克先生接待了他們，並按照南森的要求提供幫助。

　　「……我們的高純度乾燥碳酸鈉的標準是一袋五十公斤，一輛貨運卡車滿載是兩百袋，一千公斤，按照你們的要求，我們會把卡車的尾部裝滿，大概三十袋左右。」波克先生在貨運倉庫門口，和南森他們進行着交接，倉庫門口，停着一輛道丁公司的貨運卡車，和克里夫開的那輛一模一樣。

　　「很好。」南森點着頭，「其實，波克先生，有件事我想了解一下，這些碳酸鈉，我知道你們是發往世界各地的，有沒有收到貨的公司反映有缺斤少兩的情況，就是説收到的貨物每袋不足五十公斤。」

　　「這個沒有。」波克先生説，「我明白你的意思，你是説魔怪偷走碳酸鈉，收貨公司應該會反映實際收貨的分量不足，但是我們確實沒有收到這方面的反映。我們公司是很講信譽的，考慮到對方廠家生產裝卸上的消耗，我們每袋實際重量是五十公斤半，故意多給半公斤。」

　　「是這樣嗎？」南森眼睛一亮，「啊，我明白了……很好，那今後幾天，我們就要使用這輛卡車了，希望不會

給你們公司的運輸造成麻煩。」

「不會的，而且你們也是在幫助我們。」波克很是感慨，「聽了剛才你介紹的情況，真是很危險呢，我們這裏居然有山魔呀。」

有個裝卸工人走來，打開了貨車的後門。海倫和本傑明、派恩爬上了車，進到後車廂裏，隨後，裝卸工人開始往車上運送高純度乾燥碳酸鈉的袋子，海倫他們幫着把袋子在車廂尾部擺放起來，越放越高，最後一個袋子完全堵住了後車尾這裏的空間，這樣如果打開後車門，看上去整個車廂都像是堆滿了貨物一樣，其實裏面的空間很大，海倫他們就躲在裏面。而南森推斷山魔不會利用透視眼這種手段觀察車廂裏的情況，他們根本就不知道自己的行為已經被發現了，他們只會想着這輛車一定有貨物，採用某種手段把貨物搞到手。

裝卸工人把車廂後門關上，還上了一把鎖。南森看了看錶，已經八點半了，南森又看看波克先生。

「那麼好了，波克先生，我們出發了。如果今天沒什麼進展，那麼這輛車先借給我們，明天我們繼續。」

「希望你們成功，希望你們儘早抓到山魔。」波克連忙説，「這輛車你們想用多久就多久，不過我希望你們用

一次就能完成任務。」

南森點點頭，隨後看看保羅。他倆一起向車頭駕駛室走去，南森開門，先讓保羅跳上了車，隨後自己也上車，坐在了駕駛員座位上，他繫好了安全帶，隨後發動汽車，把車開出了道丁化學品公司的大門，來到了公路上。

「嗨，博士。」駕駛室後排的一個小窗戶被打開，派恩的頭伸了出來，這個小窗戶連通着駕駛室和車廂，「你好呀。」

「你好。」南森點點頭，「後面不是很舒服吧，沒有座椅。」

「我們就坐在地板上，我告訴本傑明，如果他感到累，可以直接躺下。」派恩笑嘻嘻地説，「我們點亮了一枚亮光球，我覺得這是我們的房車。」

「派恩，你還真是開心。」保羅在座位下站着，以免山魔從外面看到他在駕駛室，感到奇怪，「我説，你們還是要扶着車廂板，小心刹車。」

「知道了，老保羅——」本傑明的聲音從車廂裏傳來。

「好啦，就是打個招呼。」派恩説着拉上了小窗戶的遮板。

南森繼續開車，此時他的樣子，已經有所變化，變得更加年輕。白頭髮老人早就過了退休年齡，繼續在道丁公司當運貨司機顯然不可能。南森的外衣，也變成了一件夾克衫，從遠處看，他就是一個接替克里夫工作的新司機。南森已經了解過了，前往科爾文港送貨的只有克里夫，道丁公司還有幾輛送貨卡車，但都是送往其他目的地的。

南森預測，卡車開到隧道那邊，就有可能出事了，這時候山魔為了獲取高純度乾燥碳酸鈉，就要使用某種「劫持」手段下手了，只不過山魔「劫持」的卡車上，全是魔法師。「劫持」前，還會對司機，也就是南森使用迷幻手段，讓司機在事後不知曉具體發生了什麼。對此，南森完全有準備，並準備積極「順從」，把戲演足，即便他真被迷惑也不要緊，駕駛室裏還有保羅，車廂裏還有三個小助手呢，到時候也足以對付山魔。

後車廂裏，亮光球懸浮着，把沒有窗戶的車廂照得很亮，海倫他們坐在裏面，身體隨着車廂輕微地擺動着。

「派恩，我們可以在這裏玩一個遊戲，你喜歡的。」本傑明靠在角落裏，忽然笑了笑。

「什麼遊戲？」派恩立即問。

「捉迷藏。」本傑明説，然後大笑起來。

「哼，你就知道耍我。」派恩瞪了本傑明一眼，「你倒是給我藏藏看。」

「小點聲，一會就要開到隧道那邊了。」海倫在一邊提醒着。

「不用緊張。」派恩把放在地板上的幽靈雷達拿了起來，晃了晃，「幽靈雷達會預警的，我們有時間準備。」

貨車快速地向前進。道路上，極少有其他車輛，南森看着前面的路，開了十幾分鐘，迎面而來只有兩、三輛車。南森看看後視鏡，後視鏡可見範圍內，一輛跟在後面的車也沒有。

又開了一會，南森自己也略略有點緊張，前方五百米就是舍曼山隧道了，周圍的山林，一片寂靜，樹木從窗戶看去「唰唰」地後退着。

「老伙計，準備好呀。」南森提醒道，「事發地接近了。」

「放心，博士，我全方位搜索着呢。」保羅說，「只要山魔出現，距離八百米我就能知道。」

前方，已經看到隧道入口了，南森安穩地操作着方向盤，把車開進了隧道。

隧道裏，橘黃色的光照射在貨車的車身上，整個隧

道，只有這一輛車前行。南森握着方向盤，心裏的確是高度警惕，汽車開出隧道幾百米就是那個岔路口了，這裏已經屬於案發地段了，山魔隨時會出來。

「沒有情況，現在還沒有情況。」保羅趴在副駕駛的座位下，用魔怪預警系統探測着四周，他知道南森此時的心事，主動通報情況，「你安心開車，我會提前預警。」

南森答應一聲。很快，汽車駛出了隧道。後車廂裏，三個小助手此時都緊張地靠着車廂壁，儘管他們的幽靈雷達此時也沒有任何的發現。

貨車開出隧道，距離那個路口越來越近了，南森刻意地放緩了速度，等待山魔上鈎，沒一會，他駕車駛過了岔路口，南森轉頭向岔路裏看了看，什麼人都沒有，什麼情況也沒有。

貨車從岔路口駛過，前面是追尾事故發生地點，經過那裏，也沒有發生什麼事。南森把車又向前開了幾百米，他們安全無疑地駛過了整個事發路段，特別是那個岔路口，一切都很正常。前面，一輛小轎車迎面開過來，隨即遠走了，南森有些失望地把車開到了路邊，停下。

「博士，怎麼辦？」派恩把窗戶遮板打開，伸出頭來問，他們三個也都很是失望。

　　「明天繼續，什麼時候把山魔引出來，什麼時候結束。」南森斬釘截鐵地說，「不要灰心，魔怪可不會按照我們的時間表進行操作，但是它們要是作案，就一定會出來，從概率上講，我們一定會等到它們。」

　　「是。」派恩聽到南森的話，信心明顯足了。

　　「過一會，我們把車先開回去，明早我們再去開出來。」南森繼續說，他考慮得非常周全，「一切都要像真的一樣，返回的時間也要和克里夫以前送貨返程一樣。」

　　「明白。」海倫的話傳來，「不過山魔不會去劫持一輛卸完貨的返程空車的，它們就是發現了返程的我們，也不會下手。」

　　「停在這裏，不要再有哪個冒失鬼，比如說又喝醉了，開車撞上來。」保羅忽然說。

　　「老伙計，你考慮得更周全，所以我把車停在路邊，而不是公路上。」南森說着看了看後視鏡。

　　「醉鬼什麼都做得出來的。」保羅跳上了副駕駛的位置，搖着尾巴說。

第九章　計程車

保羅的擔心的確不能完全排除，南森注意着後面的來車，不一會，後面果然開來兩輛車，南森把車停在路邊，並沒有阻礙兩車的通過。兩輛車從貨車邊呼嘯而過。又過了一會，看看時間差不多了，南森把車開上公路，調轉車頭，向回開去。

貨車開到了道丁公司，南森把車停在了公司裏。海倫他們用穿牆術從車裏下來，南森開車帶着小助手們開車前往里辛鎮，他們退掉了那裏的旅館，來到了道丁公司所在的雷克瑟姆鎮，找了一家距離道丁公司很近的旅館住下，他們要了一個大套房，今後幾天，他們要依此鎮為出發點，每天前往案發地點，所以搬到這裏比較方便。

經過一番搬運和辦理入住手續，他們安頓下來，已經是中午了，大家都有些累了。吃過午餐，回到旅館，南森精神倒是很飽滿，他找了一張紙，坐下來開始在紙上推演今後再到案發地段可能會遇到的各種問題。南森説第一次沒有遇到山魔也不錯，這樣他有更多的時間去制定更完善

的計劃。

　　派恩帶着保羅出門去鎮子上轉了轉，本傑明去房間休息了一會，海倫和南森一起想着各種應對計劃。兩小時後，派恩帶着保羅回來了，他說在鎮子上經過了威爾斯魔法師聯合會的北部分會，特別進去坐了一會，裏面有前些天在研討會上認識的魔法師。

　　「……他們說了，要是要幫忙，一定會立即過來支持。」派恩說，「我覺得也是，人越多越好。」

　　「可是我們現在連目標的確切位置都不知道。」南森很是遺憾地說，「先不用他們也跟着我們一次次的白跑了，比如說今天。」

　　「今天確實是白跑了。」派恩聳聳肩，「不過無所謂，博士，魔怪不會按照我們的時間表進行操作，這是你說的。」

　　「嗯……不過我的意思是，今天的白跑本來能避免……」南森說着搖了搖頭，「哎，這裏面我有小失誤。」

　　「啊？」派恩一愣。

　　「派恩，今天是星期幾？」海倫忽然問道。

　　「星期三呀，是星期三，沒錯。」派恩想了想說。

「克里夫説過，每周四天送貨，固定時間固定路段，周三不送貨。」南森接過話來，「所以如果山魔掌握了克里夫的送貨規律，周三根本就不會來，因為貨車周三不會出現在這條公路上……我忽視了這點了，剛才看電腦時，我看到電腦上的時間，才想起來。」

「啊，那麼説，明天我們就能遇到山魔了——」派恩很是興奮，「好，明天就能抓到它們了——」

「只能説概率大了很多。」南森説，「那天的追尾事故，山魔應該知道，不過它們也應該知道即便發生了事故，道丁公司還會派別的司機送貨的，所以他們還會中途劫持，但周三不會來。」

「博士，為什麼克里夫天天送貨，都五年了，最近才出事？」派恩想到一個問題。

「這也是我的疑問，這要抓到山魔才能得到答案了。」南森若有所思地説。

「你們説什麼呢？可真熱鬧呀。」本傑明從房間裏面走了出來。

「本傑明——明天我們能抓到山魔了——」派恩興奮地説。

「明天？」本傑明一愣，「抓到山魔？」

派恩連忙把南森剛才的話複述了一遍，本傑明一聽，頓時也興奮起來。房間裏的氣氛有些火熱，小助手們都摩拳擦掌的。

「聽我説——聽我説——」保羅跳到沙發上，指揮着大家，「今天，大家要好好休息，明天是關鍵的一天，可不能有一點懈怠，還有……明天能抓到山魔的可能性……百分之五十，啊，有點低呀，這是我最新檢測的結果。」

「老保羅，你説了等於沒説。」派恩揮着手，「我説一定可以抓到山魔，就明天了。」

「要做好各種準備。」南森站起來，「一切都有可能發生，還是要用平常心對待，但是要做到最全面的準備，例如，捆妖繩可能不夠，山魔應該不止一個。」

「啊，我借來了。」派恩説着從口袋裏掏出幾根捆妖繩，「和魔法師借的，很好用，口訣操作反應度百分之百。」

「好。」南森滿意地點點頭，「加上我們自己的，應該夠用了。」

第二天一早，南森他們走路來到了道丁公司，還是昨天那輛卡車，南森帶着保羅坐進了駕駛室，海倫他們則用穿牆術進入後車廂裏。八點半一到，南森準時開車，卡車

慢慢駛出公司大門，隨後來到公路上，向北，向着科爾文港方向行進。

「……它們會一袋一袋往下搬，我就藏在袋子後面，山魔看不到。」後車廂裏，派恩對海倫和本傑明演示着，「它們的手一伸進來，我就用捆妖繩捆住一個，就這樣。」

「那還有另外的呢？」本傑明説，「被捆住的山魔一定會叫喊的。」

「那你們兩個就下車，去抓另外的。」派恩説，「還有博士呢，反正不會讓它們跑掉的，博士説了，這裏以前被大規模疏理過，所以即使山魔數量不是一個，也不會很多。」

「這些抓捕場面都是你臆想出來的，還是按照博士的計劃，先包圍，隨機應變。」本傑明不認可派恩的構想，「幽靈雷達能準確反映山魔的方位，把它們定了位，一切都好辦了。」

「我只是説出我的構想，聽我的，沒錯的，因為我是天下第一超級無敵魔幻小神探。」派恩很認真地説，「而且我的構想和博士的計劃不矛盾，我是想先抓住一個，你們包抄另外幾個……」

「好了，超級無敵。」海倫說，「車開了一會了，前面很快就到了案發地段了，我們要安靜下來，別忘了，今天我們可是要遇到山魔的，山魔可能現在就在山頂上看着我們這輛車呢。」

「啊——」派恩小聲地叫了一聲，隨即閉上嘴，緊張地坐在化學品袋子的後面，隨即，他抓起幽靈雷達，看着雷達熒幕。

駕駛室裏，南森看着前方的路，一輛差不多大小的卡車迎面開過。南森向兩邊的樹林看了看，樹林裏很平靜，可以看到林子上空有鳥飛過。

「我們要到舍曼山隧道了。」保羅提醒着，此時的它站在副駕駛座下，靠着車門，不停地向外發射着探測信號。

「全車進入警戒狀態。」南森下令。

保羅向後面車廂的海倫手機上發送了南森的指令，海倫他們全部靠車廂坐好，一言不發，但用幽靈雷達探測着四周。

公路上，卡車飛馳着，前面的路很是平靜，一輛車都沒有，舍曼山隧道的入口依稀可見了，不過那入口就像是怪獸的血盆大口一樣，要吞噬南森他們的卡車。

「博士——」保羅忽然驚叫一聲,「舍曼山頂好像有點反應,一閃而過——」

「鎖定信號源——」南森連忙説,他抬頭看向舍曼山的山頂,這座山的山頂距離地面超過三百米,山上翠綠連蔭。

「就閃了一下,現在消失了。我也沒有測定有幾個山魔。」保羅有些着急了,「博士,怎麼辦?要開進隧道嗎?」

「開進去——」南森點點頭,堅毅地看着前面越來越

近的隧道口。

「嗖——」卡車呼嘯着，直接開進了舍曼山隧道。隧道裏，只有他們這一輛車，南森把握着方向盤，警惕地看着前方，他在等待保羅的探測結果。

「沒有魔怪反應——」保羅的聲音傳來。

前面，已經是舍曼山隧道的另一個出入口了，白色的室外光線已經完全可見，距離出入口不到三十米，一輛計程車迎面開來。兩車相對駛過，南森的卡車呼嘯着開出了舍曼山的隧道。

「山頂有沒有魔怪反應？」南森看着前面的路，問道。

「沒有。」保羅很是無奈地說。

前面就是那個岔路口了，南森故意降低了速度，卡車從岔路口駛過，沒有任何事發生。一切都很平靜，由於無風，公路兩邊的樹梢都紋絲不動地豎立着。

卡車駛過岔路口兩百多米，南森明白，這一次應該又是空手而歸了。

「解除警戒。」南森看了看副駕駛座位下的保羅。

保羅隨即向後車廂發了訊息。南森把車又向前開了幾百米，隨後停在了路邊。

「老伙計，你剛才說探測到了一點魔怪反應？」車剛停下，南森就問。

「一點點，一閃而過。」保羅形容着，「大概方位是舍曼山的山頂上，樹木太多，有遮罩干擾，我連忙發射鎖定信號，但是魔怪反應又不見了。」

後面車窗的遮板已經被打開，本傑明和派恩探着頭，聽着南森和保羅的對話。

「你確定是魔怪反應嗎？」南森進一步問。

「這個可以確定。」保羅很是堅定地回答，「是魔怪反應，再給我多兩秒鐘，我就能測試出具體是不是山魔的魔怪反應了。」

「我知道了。」南森點了點頭。

「博士，我們的幽靈雷達沒有測試到魔怪反應，一點也沒有。」本傑明對南森說。

「幽靈雷達的探測距離比老伙計的魔怪預警系統要短。」南森說，「老伙計捕捉到了一個微弱的點，而且立即又消失了，你們那邊完全探測不到的。」

「無論怎樣，這附近就是有魔怪，本來可能要出來作案了，可是又中止了。」本傑明語氣很無奈，「怎麼它們就中止了呢？是發現了什麼嗎？」

「有輛車，有輛計程車的出現，改變了一切。」南森
突然說。

小助手們全都一愣，包括保羅在內，他們都沒有看到
那輛計程車。

第十章　車頂上的魔怪

「剛才，我們快要出隧道口的時候，迎面而來了一輛計程車，上面有司機，有兩個乘客。」南森説，「我想山頂上的確有山魔，原本也是要對我們下手，但是這輛計程車的出現，讓它改變了計劃，因為它害怕它的舉動被計程車的人發現，整體情況應該就是這樣。」

「山魔有所顧忌。」海倫想了想，説道。

「它害怕暴露了以後，引來魔法師的追捕。」南森很是嚴肅，「明天，我們還來，但是要和當地警方聯繫，在我們行駛到這個路段的時候，前後要封路，如果有其他車輛，讓它們繞道而行，確保這裏只有我們一輛車，讓山魔安心地對我們下手。」

「最後這句話，聽上去的感覺很怪。」本傑明伸着頭，表情無奈，「不過我明白你的意思，讓山魔安心地、毫無顧忌地對我們下手……」

南森把車在路邊停了一小時，隨後把車開上公路，掉頭往回開，就像是他們已經去港口卸貨回來一樣。到了舍

曼山，南森特別看着山頂，他知道山魔此時應該離開了那裏，但是明天，山魔還是會在上面守候，南森他們要做到萬無一失，儘早抓捕到山魔。

路上，他們等不到山魔，快到雷克瑟姆鎮的時候，看到了幾個下山的登山者。回到雷克瑟姆鎮，南森他們立即前往警察局，説明了來意，警方隨即開始部署。最終，警方確定南森他們的車在明天駛入案發地段時，不會有任何車輛出現在那裏。

這一天的等待是漫長的。南森在旅館裏，反覆推演各種可能，排除有可能發生的意外。南森能夠確保如果不出現別的車輛干擾，那麼山魔就一定會下手。南森堅信保羅今天捕捉到的那個短促魔怪反應，並不是儀器故障。他很好奇的就是，如果一切正常，山魔會用什麼手段對付他們。大家能確定的一點就是，山魔會利用迷幻手段迷惑司機，並不會使用暴力手段，因為山魔在獲取碳酸鈉的時候，更要保護自身安全，如果使用暴力手段，那麼一定會引來魔法師的抓捕。

第二天一早，不到七點鐘，派恩以為自己起來得很早，到了套房的前廳，海倫和本傑明早就坐在那裏了。南森在保羅身邊，檢查着他的導彈發射系統。

「這麼早？這是要出征了？」派恩緊張地說。

「放鬆，放鬆。」本傑明擺擺手，「我剛才也像你一樣，博士叫我們放鬆，就像平時那樣。」

「派恩，你先去吃早餐。我們八點出門。」海倫說，看上去她倒是比較沉穩。

「做好充分的戰鬥準備。」南森拍了拍保羅，保羅從桌子上跳下來，「但是千萬不要緊張，因為一緊張就容易出錯。」

「我正在放鬆呢，我已經好幾次深呼吸了。」本傑明雙手扶着沙發扶手，使自己的坐姿更加舒適，「見到山魔後我再深呼吸，我怕它看出我的緊張。反正我覺得今天一定能碰到山魔，好幾個呢……」

「又不是第一次除魔，有什麼好緊張的。」海倫說，「雖然我也有點緊張。」

「確實不是第一次，但是明知道魔怪要使用某種手段，還必須往裏面鑽的情況可不多。」本傑明擺了擺手，「我一直想，到底是什麼手段呢？」

「一會就能見識了。」海倫聳聳肩，「你現在可以倒計時。」

派恩去樓下吃了早餐，隨後回到房間裏。大家都已經

98

準備好了，似乎都在等着派恩。派恩一看時間，才七點半多，連忙進到自己的房間，檢查了幽靈雷達，隨後走到前廳。

不到半個小時，南森他們離開了旅館，很快就來到了道丁化學品公司。這家公司前面是辦公區，後面就是生產工廠和倉庫。那輛貨運卡車靜靜地停在倉庫前，似乎也在等待着南森他們的到來。

「鄧尼斯警官，我們即將出發，請問你們那邊準備得如何？」南森沒有急着上車，而是拿出一個無線對講機，這是昨天警方給他的。

「南森先生，我們這邊一切準備就緒，請放心。」鄧尼斯警官的聲音從對講機裏傳出來，他是負責這天封鎖道路的警官。

「好的，我們將於八點半準時出發，八點五十左右到案發路段。」南森説着收起了對講機。

小助手們各唸穿牆術口訣，進到後車廂裏。南森拉開駕駛室的車門，保羅先跳進去，隨後南森也進了駕駛室，坐好，關閉了車門。

南森看了看手錶，隨後把頭稍微轉過去。他感覺到後車廂的小助手把遮板拉開了。

「五分鐘後出發，還是那句話，保持冷靜。」

「博士，我最冷靜。」派恩伸着頭說，「但是我們感到本傑明的顫抖。」

「你自己在顫抖吧？」本傑明的聲音傳來，「噢，不知道為什麼，我現在都沒心情和你辯論了……」

五分鐘後，南森發動了汽車。他們駛出道丁公司大門，來到公路上。這天的天氣有些陰冷，天空是灰暗的，似乎一會就要下雨一樣。

貨運卡車呼嘯着向前，此時遠離案發地段，道路沒有封閉。不過就是這樣，路上除了南森他們這輛車，並沒有其他車輛，好像是下雨天不出門一樣。南森的車孤零零地行駛在公路上。旁邊林地裏那些高大的樹木，似乎都低着頭，看着這道路上唯一行駛的汽車。

保羅的身體靠着車門，不停地向四周發射着探測信號，他非常認真，並且有了準備和應對，只要捕捉到任何的微小反應，他就會向信號源方向同時密集發射探測信號，覆蓋並且鎖定信號源，這一次他不會讓信號源輕易丟失了。

卡車繼續向前行駛着，因為未到案發路段，後面一輛小轎車超過卡車遠去。南森故意放慢了車速，和那輛車拉

開距離。過了一會，南森看看路牌，拿起了對講機。

「鄧尼斯警官，我是南森，我們就要進入案發地段，請開始封鎖道路。」

「明白，立即封鎖道路。」鄧尼斯警官的聲音傳來。

「老伙計，發警報，最高警戒。」南森放下對講機，看看保羅。

保羅立即向後面的車廂發了警報。三個小助手各就各位，緊張地等待着山魔的出現。

南森的車開到了舍曼山的前面了，他故意不去看山頂，保羅則緊緊地靠在車門那裏，向舍曼山的山頂連續發射探測信號。

「博士，有魔怪反應──」保羅叫了起來，「飄忽不定，但是能夠鎖定──」

「好，立即鎖定。」南森的聲音略帶興奮，他故意又把車速放慢了一些，這樣做是讓山魔能有足夠時間作怪。

「三個山魔──」保羅激動地説，「啊，下來了，是隱身狀態，它們快速向山下移動──」

「監控它們，我們就要進入隧道口了。」南森説道，前方，卡車距離隧道口不到兩百米了。

卡車的後車廂裏，三個小助手的幽靈雷達都顯示──

三個山魔已經來到了隧道口，它們守在隧道口上方，等待着卡車的到來，不過它們下一步的行動，誰也不知道。

南森繼續把車向前開，轉瞬間，卡車就開進了隧道。

「博士，它們在車頂。」保羅壓低聲音説，「它們跳到車頂上了。」

「保持冷靜。」南森叮囑道，他非常平穩地看着車，目視前方，就像是什麼都沒發生一樣。

隧道大概有三百米長，南森的車開進去了十多米，車頂上，有三個不知道要幹什麼的山魔。既然山魔來了，南森盤算着是開出隧道口抓捕還是在隧道裏停車抓捕，在隧道裏抓捕，一旦山魔擊碎裏面的燈，很可能借着黑暗跑掉。在隧道外抓捕，山魔也比較容易逃進山林。

第十一章　林中之戰

正在這時，南森忽然感到一陣頭暈目眩，有一股隱形的氣團飛過來包裹住了南森的頭部，南森的視線開始模糊，對此，南森早有準備，他知道山魔在迷惑自己了，就像前兩次迷惑克里夫一樣。不過南森默唸一句魔法口訣，驅散了那股氣團，他的意識完全恢復，不過他「順從地」把頭倒在方向盤上，南森這次的抓捕計劃的核心是隨機應變，山魔要是沒有什麼動作，就停車抓捕，要是山魔使用手段，那就假裝中招，讓山魔自以為得逞，隨後看準機會抓捕。

「嗶——」的一聲，南森的頭碰到了方向盤上的喇叭開關，汽車喇叭叫了一聲。

「唰——」的一聲，隧道前方亮起了耀眼的白光，整條隧道都被這股白光包圍了，緊接着，隧道右側的牆壁上，開出了一個巨大的黑洞，就像是隧道裏又開出了一個洞口一樣，整個黑洞像是有吸引力，卡車一轉向，呼嘯着就開進了黑洞裏，隨即，黑洞口快速恢復成牆壁，隧道裏

的白光也不見了，卡車完完全全地消失在隧道裏。空蕩蕩
的隧道，就像沒有發生任何事一樣。

南森趴在方向盤上，感覺到卡車穿越在一個黑洞中，
他明白，他們正在穿牆，他們穿越的是舍曼山那厚厚的山
體。很快，前面一亮，南森知道他們出了舍曼山，但是兩
側的景物「唰唰」閃過，他知道他們還在穿越之中。

「轟——」的一聲，聲音不算大，南森繼續趴着，
他知道穿越停止了。南森沒抬頭，而是微微睜開眼，他發
現自己在一片山林之中，沒錯，這裏就是前兩天發現的那
個林中的空地，克里夫開的貨運卡車曾經被放在這裏，如
今，他們穿牆之後，也被放在了這裏。

保羅靠在車門那裏，看着南森。他此時一動不動的，
看上去就是一隻玩具狗。後車廂裏，海倫他們也都一動不
動，他們鎖定着車頂上的三個山魔，他們隔着車廂，看不
到外面的情況，但是保羅已經暗暗發送了訊息，訊息文字
出現在幽靈雷達熒幕上，告訴他們穿牆後落在了林地的空
地上。

「嘭——嘭——嘭——」三聲響後，三個山魔從車頂
上跳了下來，此時它們不再隱身了。它們的外形和人類類
似，只是耳朵較尖，嘴巴也很尖，外表更接近於猿猴，渾

身都長着毛，他們身穿布衣，行動上很是敏捷。

「頭，司機暈倒了。」駕駛室的車窗外，一個山魔看着裏面的南森説。

「看着他，哈姆，別讓他醒過來。」車窗外，又一個聲音傳來，「庫拉，我們去後車廂，把『小白石』弄下來。」

「頭，這次我們弄多點。」應該是那個叫庫拉的山魔説道，「每次弄那麼點，不夠呀。」

「不能太多，我都説過了，弄得太多人家發現分量不足，一定會查的。」被稱作「頭」的山魔抱怨地説。

一切似乎都清楚了，山魔利用穿牆術，把那卡車搬運到林中空地上，然後盜取碳酸鈉，「小白石」應該是山魔對碳酸鈉的稱呼，因為高純度乾燥碳酸鈉的外形就是極小的不透明白色顆粒狀。

那個叫哈姆的山魔看着南森，它的狀態很是放鬆，它當然不知道南森是魔法師，也不知道南森是假裝昏迷。它站在車門外，沒怎麼看着駕駛室裏的南森，而是一直看着它的「頭」和庫拉。

南森繼續假裝昏迷，他盤算着怎麼抓捕山魔。另外兩個山魔去開門盜取碳酸鈉了，要海倫那邊先動手，自己這

邊立即抓車門外的這個山魔，總之，要一起行動。

兩個山魔走到了車廂後門，被稱作「頭」的山魔用手抓着那把鎖，隨後唸了一句口訣，它稍微一用力，那把鎖「啪」地一聲被拉開了。「頭」把鎖拿下來，放在地上。叫庫拉的山魔拉開了車廂門。

「哇哈——」庫拉看到滿滿的袋子，非常興奮，「頭，我最近覺得魔力越來越高了，我一拳能砸碎一塊大石頭。」

「廢話，吃了魔藥當然魔力高。」「頭」不滿地說，「動作要快，時間長了，司機可能會自己醒來。」

三個小助手靠在袋子後，聽着外面的話，他們全都做好了準備，就等着山魔把袋子搬開呢。

庫拉興奮地跳到車廂上，車廂的袋子距離車門有不到一米的距離。庫拉一手抓起一個最高層的袋子，往外一拉就把袋子拉了下來，隨後扔給下面的「頭」，這兩個山魔的力氣的確大，把這麼重的袋子輕鬆傳遞，就像袋子裏裝的全是棉花一樣。

庫拉很快就把最上層的袋子取下來拋給了「頭」，隨後它又把下面一層的袋子拉出來，扔給了「頭」。忽然，庫拉覺得有什麼不對，因為往裏面看，車廂是空的。

　　海倫他們蹲在袋子後，看着因為袋子被取下，空檔處射進來的光線。

　　「頭，怎麼裏面是空的呀？」庫拉疑惑地説。

　　「嗨──」海倫大喊一聲，縱身一躍，從空檔處飛了出去，落在地面上。

　　「啊？」庫拉嚇了一跳，海倫是從它身邊飛過去的。

　　「嗖──嗖──」本傑明和派恩一起跟着飛了出來，隨即落地。

　　「這是……」「頭」也驚呆了，它先是愣在了那裏，看着從車廂裏飛出來的海倫他們。

　　海倫他們迅速地對兩個山魔形成了包圍圈，把它倆堵在了車廂尾部。海倫剛才的吶喊，就是行動開始的指令。這邊，南森聽到吶喊，猛地撞開車門，車門把東張西望的哈姆撞得橫着飛了出去。南森縱身飛出了駕駛室，按住還沒有醒過來的哈姆猛擊一拳。保羅也跟着跳出了駕駛室，它快速跑到車廂中部位置，左邊盯着哈姆，右邊看着「頭」和庫拉，三個魔怪誰逃跑就用導彈轟擊它。

　　南森這邊，哈姆遭到南森連續猛擊，沒怎麼抵抗就暈了過去，它趴在地上，身體微微地顫抖着。這邊，「頭」和庫拉已經明白，它們算是中了埋伏，看到哈姆被打倒在

地，「頭」忽然大喊一聲，向外衝去。

本傑明上前就攔住了「頭」，隨後猛擊一掌，「頭」閃身躲過，隨即一腳踢在本傑明身上，本傑明叫了一聲，倒退了兩步。

「頭」還沒有來得及得意，背部被狠狠地踢中一腳，「頭」翻倒在地，這是飛起的派恩展開的攻擊。後車門旁，庫拉也和海倫打在一起，庫拉連續出拳，海倫感覺到它身高力大，躲避了兩下，隨後看準機會，一腳踢中了庫拉，庫拉叫喊着倒在地上，隨即爬起來，它感知到了面前這個小魔法師非常厲害。

南森看到哈姆被打暈，掏出捆妖繩，幾下就把哈姆牢牢捆住，隨後去支援三個小助手，保羅跟着他跑了過來。這時，「頭」正在發狠，它知道此時不拚命，那就再也衝不出去了，它雙手掄起來，外形看上去像是兩把鋼刀一樣，「呼呼」地砍向本傑明和派恩，本傑明和派恩連忙倒退着。

「五百噸鐵臂——」本傑明大喊一聲，並唸出了咒語，頓時，他的兩個手臂變得像是鋼柱一樣，本傑明有了底氣，迎着「頭」的劈砍衝了上去。

「噹——噹——」兩聲巨響，「頭」掄起來兩把鋼

刀一樣的手臂，向本傑明砍下去，不過這鋼刀砍在了本傑明鋼柱般的手臂上，發出巨大的響聲後，「頭」倒退了兩步，它發現自己的這個招數不行了，再砍下去，只有刀刃崩壞。

「嗨——」派恩看「頭」在猶豫之中，側面飛過去一腳，正好踢在「頭」側面肋骨上，「頭」慘叫一聲，橫着飛了出去。

庫拉這邊，他倒是抵擋住了海倫的攻擊，自己倒是有了些氣勢，連連向海倫展開攻擊，海倫背靠着車廂，躲避着，她想着找個空檔猛擊庫拉。

「呼——」庫拉的拳頭猛地打向海倫，海倫連忙一躲，「咣——」的一聲巨響，庫拉的拳頭打在了車廂的側面，拳頭隨即嵌了進去，車廂差點就被庫拉給打穿。

「啊——」庫拉把拳頭拉出來，猛地再次向海倫打去。

「噹——」的一聲，庫拉的拳頭被一隻手攔住，是南森趕來增援，擋住了庫拉的攻擊，南森用力一撥，庫拉倒退了幾步，差點摔倒。

「打它——打它——」保羅在一邊大聲地助陣，並且看着機會，衝上去咬庫拉。

　　庫拉立足未穩，南森已經衝了過來，他猛擊一拳，庫拉的胸口被打中，它大叫一聲，倒在地上，海倫飛身過來，對着庫拉就是一腳。庫拉再次慘叫起來。

　　另外一邊，本傑明和「頭」正面對攻，派恩則在一邊進行遊擊，他看準機會就猛出拳腳，每次出擊都能狠狠打在「頭」的身上。「頭」的魔力和本傑明正面對攻，絲毫不會落下風，但派恩不停地偷襲它，「頭」既要和本傑明

對攻，又要防備偷襲，而且幾次都沒有防住，體力也漸漸消耗。

「頭」那似乎是雙刀的手臂已經恢復原形，因為它的「雙刀」再厲害，砍在本傑明的鋼柱上，也是毫無用處。此時它正面出拳攻擊本傑明，被本傑明用雙手擋開，隨即被偷襲的派恩踢中腰部，向前一個踉蹌，差點摔倒，剛剛站起來，腳踝處一陣劇痛，原來是保羅狠狠咬了它一口，保羅看南森和海倫圍攻庫拉，勝券在握，立即轉過來支援本傑明和派恩。

保羅的加入，使得本傑明他們這裏形成了連環攻擊。保羅狠咬「頭」一口後連忙退後，而這時本傑明的拳頭又到了，這一拳狠狠地砸中了「頭」的頭部，「頭」慘叫一聲，幾乎坐在地上。就在這時，派恩一腳有踢過來，正中「頭」的後背，「頭」在連續的攻擊下，開始抱頭躲閃了，它的攻擊力喪失，只能節節防禦了。

庫拉這邊，南森連續的攻擊也是威力大發，庫拉同樣連連敗退。它倒是很狡猾，背靠着車廂和南森搏鬥，這樣海倫便不能從後面攻擊它了。不過海倫仍然繞到它的側面，自己也靠着車廂，庫拉躲避南森的時候，海倫衝上來，一腳踢在庫拉的腰部，庫拉橫着飛了出去，隨後重重

地摔在了地上。

南森衝上去，一拳打在試圖爬起來的庫拉身上，它慘叫着倒地，隨即再也不做掙扎了，它趴在地上，大口地喘着粗氣，庫拉已經絕望了，它遠不是南森的對手。海倫看到庫拉不掙扎，掏出捆妖繩就把庫拉牢牢地捆住。

「頭」這邊，它的後腳踝又被保羅狠狠地咬了一口，趁它叫疼的時候，本傑明一拳打在它的胸口，「頭」倒退着，沒退兩步，派恩從後面猛踢一腳，「頭」被踢中，再次向前，結果再次被本傑明擊中，這次「頭」直接倒地，同樣也沒有再試圖爬起來。

保羅看到了機會，衝上去咬住「頭」的胳膊，隨後猛地一扯，「頭」幾乎連往回拉扯的力氣都沒有了，任由保羅扯動手臂。派恩看看時機成熟，跳到「頭」的背上，掏出捆妖繩，幾下就把「頭」捆住。

「抓住啦——抓住啦——」派恩站了起來，興奮地大喊，「博士，你們那邊怎麼樣——」

第十二章　三個山魔

海倫此時已經把庫拉拉起來，讓它靠車廂坐着，她叫本傑明和派恩把「頭」也帶過來，本傑明和派恩連忙把那個「頭」架起來，拖着他向車廂這邊走來。

「還有一個呢？」派恩邊走邊問。

「嗯，還有一個，叫哈姆。」南森説着向車頭那邊走去，「我去把它帶來。」

保羅聽到南森的話，立即跟上南森。南森走到車頭，剛才捆着哈姆的地方，只有一根斷成兩截的捆妖繩，哈姆不見了。

「跑了——」南森頓時緊張起來，他看向樹林，只見前面不遠的樹林，一個影子在移動，「老伙計，攻擊——」

哈姆掙脱繩子跑了，不過沒有跑遠，被南森發現。南森的話音剛落，保羅的後背已經射出了追妖導彈，隨即，一枚導彈騰空而起，射向了哈姆。

哈姆倉皇地往樹林逃跑，它剛才被打傷，跑得並不算

快，這時，它感覺到了身後有導彈飛來。哈姆抓起一根樹枝。

「魔性樹枝——」哈姆大喊一聲，手臂上一道光波傳送到樹枝上，隨後，它把樹枝拋向空中。

樹枝到了半空中，渾身散發着白光，並沒有落地，而是懸浮在那裏並抖動着。哈姆則趴在地上，一動不動的。

「嗖——」的一聲，追妖導彈飛到，它直直地對着懸浮的樹枝飛過去，狠狠撞擊在樹枝上。

「轟——」追妖導彈在半空中爆炸，把那樹枝炸得稀碎。而在地面上趴着的哈姆，躲過了這次攻擊，爬起來就跑。

「啊呀——」保羅和南森都看到了飛起來並懸浮的樹枝，保羅急得大喊，「炸到假目標了——好狡猾的山魔——」

「海倫——用雙繩捆它們——」南森對着車廂那邊大喊着，隨後看看保羅，「老伙計，我們追——」

南森和保羅向樹林裏跑去，而躲過追妖導彈攻擊的哈姆，則爬起來向樹林深處跑去。南森和保羅隱約能看見哈姆的影子，不過此時主要是靠保羅的魔怪預警系統鎖定哈姆的蹤跡。哈姆的速度很快，在樹林裏左閃右躲的，始終

和南森他們保持着二百多米的距離，南森和保羅怎麼也跟不上他。

「再用導彈攻擊，有把握嗎？」南森邊跑邊問。

「它還會使用假目標當誘餌，它自己不動，假目標動，追妖導彈對移動物敏感。」保羅跳躍着，「估計它把魔性傳導了一些到誘餌上，追妖導彈會首選攻擊這種又移動又有魔性的目標。」

「老伙計，還是發射導彈，發射到前方三百米的位置，不管炸中不炸中，用爆炸來阻止它的前進。」南森猛地想到一個辦法。

「明白。」保羅説着向前跑了幾步，隨後在一個小空地站穩，身後打開了導彈發射架。

「發射——」南森大喊一聲。

「嗖——嗖——嗖——」連續三枚導彈從發射架飛出，向前方的樹林飛去。

哈姆拚命向前跑着，它猛地感覺到身後有導彈飛來，連忙揀起一塊石頭，把魔性傳導了一些在石頭裏，它拋出石頭，但是後面襲來的導彈卻略過石頭，向前飛去。

哈姆一愣，這時「轟——」的一聲，在它前面不到五十米的位置，一枚追妖導彈爆炸，彈片直直地飛了過

120

來。哈姆嚇得連忙趴在地上。

爆炸過後，前面的樹林白色煙霧升起，哈姆抬起頭。「轟——」的又是一聲劇烈的爆炸，這次爆炸點距離它不到四十米，哈姆連忙趴下，幾塊彈片呼嘯着從它的頭上飛過。

哈姆一驚，它抱着頭，驚恐地趴在地上，這時第三枚導彈在前方爆炸了，破碎的彈片再次飛來，哈姆恨不得能鑽到地下去。它不敢起身，它不知道還會有多少導彈在前方炸響。

南森和保羅快速追來，南森看到了前面趴在地上的哈姆。爆炸已經結束了，保羅發射了所有的導彈，不過哈姆不知道。轉瞬間，南森就出現在了哈姆身後，哈姆感覺到了魔法師的到來，它顧不得前方還有沒有爆炸，立即爬起來。

「嗨——」南森大喊一聲，接着跑步的慣性，飛身起來，一腳踢在哈姆的後背上。

哈姆被踢倒在地，保羅此時也衝過來咬它。哈姆知道自己不是魔法師的對手，也不抵抗，它慌忙向前跑了幾步，隨後變化成一棵樹，一動不動地站在那裏，它隱沒在了身邊十幾棵樹中。

南森和保羅衝過來，沒看見哈姆，這時，本來用魔怪預警系統鎖定哈姆的保羅叫了起來。

「博士——信號消失了——它短期遮蔽了魔怪信號——」

「短期遮蔽魔鬼信號？」南森看看保羅。

「這樣做很耗費魔力，我們可以等一下，耗費完魔力我就能鎖定它了。」保羅説着看看那些樹木，全都一個樣子，只是高低不同，分不清哪個是魔怪變化的。

「確實狡猾，不過我們不用等。」南森看看身邊的那些樹，他當然也知道，這裏有一棵樹是假的，是哈姆變的。

南森忽然舉起手臂，此時他的右手臂已經變成了電鋸，並且發出轟鳴的「嗚嗚」聲。

「博士，你要鋸樹？」保羅連忙大聲地問。

「不能破壞樹木，這些樹長成這樣也很多年了。」南森笑了笑，「但是我可以給它們修剪枝杈，還有利於它們的生長呢。」

「啊，我知道，不過這可不利於山魔呀。」保羅搖晃着尾巴，「你可能會剪斷山魔的手臂——」

保羅最後這句話，説得非常大聲，他就是説給山魔聽

的，山魔哈姆此時身體一定變成了樹幹，而手臂會變成了樹枝。

南森舉起電鋸手臂，對着身邊的一棵樹走去，他揮手就鋸斷了這棵樹上一根伸出來很長的枝杈，隨後向另外一棵樹走去。

保羅跟在南森身邊，不過很是警覺地看着身邊那些樹木。

南森又鋸斷了一根樹枝，隨後向另外一棵樹走去。「嗚嗚」作響的電鋸轟鳴着。南森走到一棵樹下，伸手就鋸斷了兩根樹枝，這棵樹沒有什麼反應，但是旁邊的一棵樹，樹枝全部倒向另外一邊，樹幹也顫抖起來。

「山魔——」保羅看到了那棵樹的表現，大聲喊道。

南森揮舞着電鋸，向那棵樹跑去，那棵樹的樹根從地下拔起，猛跑幾步，隨後變成了哈姆的樣子，慌慌張張向樹林裏跑去。

「嗨——」南森大喊一聲，快跑兩步後身體騰空，一腳就踢了過去。

「嘡——」的一聲，哈姆被踢中了後背，它發出慘叫聲，趴在了地上。它剛想爬起來，保羅衝上去，一口就咬住了它的左腿，哈姆又是一聲慘叫。

南森衝上去，一拳又打在哈姆身上，哈姆趴在地上，表情痛苦。

「饒命——饒命——別打了——」

哈姆大聲求饒，趴在地上，也不敢亂動了。它抱着頭，臉向地面。南森看看它已經放棄了抵抗和掙扎，停止了攻擊。保羅也鬆了口。

「饒命……饒命……」哈姆有氣無力地説，它知道跑不掉了，抵抗也是毫無意義的。

南森把哈姆拉了起來，指了指卡車那邊，推了哈姆一把，哈姆連忙地向卡車那邊走去。保羅在哈姆身邊繞來繞去地跟着，唯恐它又有什麼花招，不過哈姆明顯很是順從。

卡車車箱旁，「頭」和庫拉各自被兩根捆妖繩綁着，靠着車廂坐在地上。海倫他們警覺地看着它們。看到南森走過來，派恩高興地揮揮手。

哈姆被押了過來，派恩掏出一根捆妖繩，把哈姆捆住。現在大家面對面地看押着三個山魔，倒是不怕它們掙脱捆妖繩逃跑。

本傑明上前，推了哈姆一把，哈姆走到車廂旁，和「頭」挨着坐下，它看了一眼「頭」，兩個山魔都很是無

125

奈。哈姆低下頭，歎了一口氣。

「我想，你們都能明白自己目前的境遇。」南森站在車廂前，看着三個被擒的山魔，「你們害了多少人，做了哪些壞事，你們自己也很清楚，不要還想着隱瞞……」

「不隱瞞，我們就是不想害人，才這樣做的。」「頭」抬起了頭，看着南森，語氣還比較強硬。

「改邪歸正的魔怪？」派恩在一邊先是愣了一下，隨後盯着「頭」，「我可沒看出來你變得善良了。」

「這個叫『庫拉』，這個叫『哈姆』，你被叫成『頭』，我想你是這個羣體的首領。」南森沒有繼續剛才的話，而是先指了指「頭」左右兩邊的山魔，隨後問，「那麼，你有名字嗎？你叫什麼？」

「莫拉克。」「頭」平淡地説。

「嗯，莫拉克。」南森點點頭，「首先我想知道，你們以前一直住在這個山區的，還是後來遷徙來的，或者這樣説，一百多年前的魔法師大圍捕，你們在哪裏？」

「就在這裏。」莫拉克説，「同伴們大都被抓住了，魔法師撤走後，我們幾個重新集合在一起，只有我們四個了，五十年前死了一個，現在還有我們三個。」

「噢，看來當時的圍捕真的還是沒有完全徹底呀。」

南森看看周圍的山林，「説實話，你們還有其他同夥嗎？」

「沒有了，現在只有我們三個。」莫拉克説，「我比你還想有同伴呢，但是沒有找到其他的，也許有的在當年的圍捕中跑到別處去了，反正剩下的只有我們幾個。」

「嗯。」南森點點頭，「這次這個事情，我們也掌握了很多情況了，否則也無法找到你們，不過有些細節，我很想問清楚⋯⋯你們是怎樣做這個案子的？」

「就這樣啦。」莫拉克聳聳肩，「我們都被抓住了，還能怎樣？我們就是想要貨車裏的碳酸鈉，我們用它煉製魔藥。你看看我們，這一百年來從不襲擾人類，魔藥也是自己煉製，為什麼還要抓我們？」

「聽上去你們好像為人類立功了一樣。」南森皺着眉，不客氣地説，「本來你們就不應該襲擾人類，而且有人因為你們的行為，出現了汽車追尾事故，都受了傷，這難道不是襲擾人類？」

「都怪那個追尾的司機，我看他喝多了，輕鬆一繞就能避開前車，他硬要往上撞。」莫拉克低着頭，不滿意地嘀咕着説。

「那人還真是喝醉了，屬於酒後駕駛。」南森有些生氣地説，「不過前車司機，就是貨運卡車的司機，完全無

辜的，差點有生命危險，這不是你們造成的嗎？」

一直理直氣壯的莫拉克這下無話可説了，它低着頭，看着地面。

「嗨，頭，那人真是個醉鬼。」庫拉碰了碰莫拉克，「我説怎麼開着車直接撞上去了呢……」

「閉嘴。」莫拉克狠狠地對庫拉説。

「你怎麼發現道丁化學品公司有高純度乾燥碳酸鈉的？」南森換了個問題，直接問道。

「一個月前，他們有輛貨運卡車中途拋錨了，被拖車拖走前，庫拉從那裏經過，聞到了裏面有碳酸鈉的味道。我們跟蹤了車輛，最後發現碳酸鈉是道丁化學品公司生產的，道丁公司在雷克瑟姆鎮，我們基本不去那邊的，沒想到他們生產這種東西。」莫拉克説，「我們需要這東西，這是我們煉製魔藥的重要配方，沒發現之前我們都是在山石上刮取，一天也弄不了幾克。」

「所以你們就決定去盜取碳酸鈉了？」南森問，「可是你們為什麼不去道丁公司的工廠盜取呢？怎麼冒險在公路上劫車？」

「魔法師聯合會就在那個鎮子上，誰敢去呀？」哈姆接過話來，説道，「發現道丁公司生產碳酸鈉後我們立即

就跑回來了，那裏不能多待，魔法師們有儀器的，去工廠裏偷碳酸鈉，一旦被儀器探測到，跑都跑不了。」

「知道了，所以你們就對貨運卡車下手了。」南森點點頭，「那說說你們具體的行動，你們作案幾次了？」

「加上這次，三次了。具體行動嘛，很簡單。我們做了很長時間的準備，知道那輛貨車每周四次送貨，周三不送貨，我們就守在舍曼山上，看到貨車過來，我們先隱身跳到車上，等到車開進隧道後，我去駕駛室那裏迷惑住司機，讓他短時間內暈倒，失去記憶。」莫拉克說着抬頭看看南森，「然後我們用穿牆術把卡車整體搬運出舍曼山隧道，把卡車放到舍曼山東側的一處整理出來的林子空地上，打開車廂門，取下裝貨物的袋子，還是用穿牆術，每個袋子弄一點點出來，累積起來一次能弄好多呢。然後我們再把袋子原樣放回去，再用穿牆術把卡車送到林子外，那有一條小路，然後把卡車推到公路上，我再喚醒司機，司機發現卡車停在路邊，也不知道為什麼停在那裏，一般就開車繼續上路了。」

「兩個問題，一，在路上劫持卡車，冒很大風險，你們怎麼不在港口，車停下來的時候動手？」南森想了想，問道。

「港口人太多，大白天的裝卸貨，在那裏動手風險更大。」莫拉克簡單地回答。

「好，那麼第二個問題，為什麼在隧道裏動手？把卡車用穿牆術搬運出舍曼山，要耗費很大魔力的。」

「在公路上直接把車搬運進山林也可以，比搬運進山裏耗費魔力小得多。但是這裏的山林有很多登山的人，萬一撞上，他們一定會報警的，山裏出現一輛貨運卡車，誰都會感到奇怪。」莫拉克比劃着說，「在舍曼山隧道裏動手，不會被登山的人發現，把車搬運到舍曼山東側的林地裏，那裏有禁止登山的警告牌，登山的人也不會攀爬舍曼山，我們能在那裏安全地把碳酸鈉弄出來。」

「昨天你們是不是就想動手了？但是因為突然出現的一輛計程車，你們停手了。」南森此時，完全明白了昨天保羅發現一閃而過的魔怪反應的原因了。

「這你都知道，莫非昨天你們就藏在車裏？」莫拉克很是驚異，不過它也隨即明白過來，魔法師們昨天就已經在卡車裏了，「從確定卡車裏運送的是碳酸鈉開始，我們也不可能天天都能弄到碳酸鈉，太陽太大我們就不出來。昨天我們在山頂，正要下山，看到對面方向有輛計程車開過來，我們立即就走了，否則計程車司機和乘客在隧道裏

看見一輛車消失，不可能不報警⋯⋯我們行動時會看清兩邊車道都沒有距離近的車，其實前些天也遇到這樣的情況，那是一輛車緊緊地在卡車後面，我們當然不會動手，否則就被看見了。」

「那輛造成追尾事故的車呢？」南森問，「你們沒察覺轎車在卡車後面嗎？」

「當時沒看見，而且我們把車推到公路上後，我喚醒了司機後那輛轎車也沒開過來，我們就在旁邊的樹林裏等着把車開走，可是司機這次沒繼續開車，而是想下車看情況，這點我們也不擔心，反正他也發現不了什麼，那些碳酸鈉我們每袋只取一點，還是用穿牆術搬運出來的，袋口沒有打開過。」莫拉克説着説着生氣起來，「這時後面來了一輛車，那輛車稍微一繞就能開走，可是他直接撞上去了，兩車之間的安全距離很大，明明可以輕鬆避開的，我們覺得司機一定是酒後駕駛，但是車也撞了，我們就走了，我們⋯⋯我們覺得這也就是一宗交通事故，查不出什麼，道丁公司還會繼續送貨的，我們就走了。」

「你們盤算得倒是很好，這時候你們走得倒是快，不怕司機失去救治時間嗎？」南森冷笑着説。

「這個⋯⋯」莫拉克説着低下頭，不説話了。

「後車廂上的血跡怎麼回事？」南森突然問。

「血跡是哈姆的，我測試出來了。」保羅對南森説。

「血跡？」莫拉克瞪大了眼睛。

「頭，都是你打的，後車廂上一定是我的血跡，我明白了，我們是因為血跡暴露的——」哈姆很是委屈地大喊起來。

「閉嘴——還有臉説——」莫拉克對着哈姆大喊，它看看南森，「那天追尾之前，我們在林子裏弄碳酸鈉，我發現哈姆偷着藏了一些，就教訓了它，就在車廂旁，我把它的胳膊打傷了，血跡濺到車廂上了，它連忙求饒，我就放過了它，不過那些血跡，我們沒有清洗，我想不會有誰知道那是我們的血跡的。」

南森聽着這話，點着頭。

「是不是……你們通過血跡發現我們的？」莫拉克小心地問。

「這個你不需要知道。」南森搖了搖頭，「你需要知道的是你們將被送到魔法師聯合會處理。」

「我們……」莫拉克瞪大眼睛，「我們被圍捕後，再也沒有害人呀，我們增加魔力都不去吸人血了，而是自己煉製魔藥……」

「這不是你們改邪歸正的表現，你們處處小心，不是不想害人，而是害怕再次被魔法師圍捕，難道不是嗎？」南森嚴厲地問。

莫拉克皺着眉，沒有再說話，而是低下了頭，它的兩個同夥也是垂頭喪氣的低着頭。

「打電話吧，把它們交給魔法師聯合會處理。」南森說着看看海倫。

海倫拿出了電話，打給了雷克瑟姆鎮的魔法師聯合會。南森看着羣山，幾天來的陰雲已經散去，天氣晴朗，不遠處，山雀歡快的鳴叫聲傳來，非常動聽。

「博士，這片山林終於平靜下來了，真好。」本傑明走過來，感歎地說。

「是呀，沒有山魔的山林，確實美好。」南森點了點頭，望得更遠。

「魔怪也抓到了，山林也恢復了平靜，而且這邊的景色這樣優美，我看……」本傑明笑了笑，「回去暫時也沒什麼事，不如我們就在這裏來個山間露營，倒是很不錯的。」

「本傑明，你就知道玩。」派恩興奮地說，「那咱們今晚就在山間露營……」

尾聲

南森他們把山魔交給魔法師聯合會後,真的沒有離開舍曼山的山林,他們去雷克瑟姆鎮上的登山用品商店,購置了很多登山設備,特別是帳篷。他們傍晚進山,開始了山間的旅行,天黑之後,就在山間露營。本傑明和派恩的目的,就是想進行山間旅行,南森則有不同,他還是略有擔心,山間有漏網的山魔,借助山間旅行,正好實地查看一下。

兩天過去,他們連這片山林的主峯都登上去了,一共走了大大小小十幾個山峯,的確沒有再發現任何魔怪反應,南森的心終於放下來了。再過一晚,他們就要回去了,此時南森才開始了真正的山間旅行,不過時間很短,只有不到一個下午,天黑之後,他們在一處山坳紮營,搭起了帳篷,隨後全都鑽了進去。

晚飯,他們吃的是一些登山食品,隨後南森愜意地躺在簡易牀鋪上,在帳篷周圍的一片蟲鳴聲中,非常悠然自得。帳篷裏,南森他們點亮着一枚亮光球。

「嗡——」的一陣聲音，南森伸手打了自己的脖子一下，隨後坐了起來，「有蚊子——」

「本傑明——全都怪你——」派恩叫了起來，「剛才你不小心把帳篷刮破了，蚊子就是從縫隙裏鑽進來的——」

「我已經補了一下啦。」本傑明大聲地說，「再說你也說了，我是不小心的，我又不是故意要把帳篷刮破的。」

「好了，好了，別吵了。那個破洞有點大，應該是沒有補好。」海倫說。

「我看大家早點休息吧，博士說明天一早就下山。」保羅建議道，「把亮光球熄滅，這樣蚊子看不到亮光，也就不會飛進來了。」

「好吧。」派恩說，儘管不滿意，但他也沒什麼辦法。

南森收起了亮光球，大家都躺下休息，他們明天一早的確要下山，隨後就要離開這裏了。他們剛躺下不到一分鐘，一隻螢火蟲從帳篷的破洞鑽了進來，在黑暗的帳篷裏閃閃發光。

「哇——」派恩大叫起來，「本傑明，都怪你，你看

看，蚊子提着燈籠進來咬我們了——」

　　「你説什麼呢？」本傑明不高興地説。

　　「哈哈哈——」帳篷裏笑聲一片，派恩的話把南森和海倫全都逗笑了。

推理故事

麥克警長，蘇格蘭場（倫敦警察廳）高級督察，南森和警方的聯絡人，也是一名大偵探，屢破奇案。當然，他所偵辦的都是人類世界中的案件。一起來看看他偵辦過的案件，運用你的推理能力，想一想他是如何破案的呢？

從未來過

　　麥克警長這天下班回家，剛出了地鐵，沒走多遠，看見一個人飛身跑進一個公寓，他正感到奇怪，又有三個人跟着就衝進了公寓。麥克感到發生了什麼，他連忙向那所公寓跑去。

　　公寓沒有保安員，麥克進去後，聽到樓上傳來激烈的爭吵聲，他連忙上樓梯，那聲音是三樓傳來的。麥克到了三樓後，只見三個人圍住一個年輕人，年輕人情緒很是激動。

　　「啊，警察來了，你跑不了了——」一個四十歲左右

的人對那個年輕人説。

「怎麼回事？」麥克警長問。

「是這樣，這個人在我店裏偷了一部手機，被我發現了，帶着兩個店員追了出來。我是店長。」四十歲左右的店長説，「追到這裏，看到他正在用鑰匙開門，我們就抓住了他，不過他剛才穿着藍色羊毛衫，現在是一件襯衣，一定是把羊毛衫和手機藏在哪裏了，他不承認偷了手機。」

「警官先生，不是這樣的，我是來找朋友的，我可能是記錯了，這邊的幾幢大樓都一樣，我敲門，沒人開門，剛好這裏有把鑰匙，可這鑰匙不是我的，可能是這家人鎖門時沒有拔走。」年輕人委屈地説，「他們就説我是小偷，我真不是……」

「有把鑰匙，這麼巧……」麥克看看店長，「你們看清小偷的樣子了嗎？是不是他？」

「這個，沒看清，小偷是背對着我們的，我一喊他就跑了。」店長説。

「先進去，看看有沒有小偷的同夥。」麥克説着就把門打開了。

「啊？我不是呀，更沒有同夥——」年輕人繼續喊着。

大家進了房間，房間不大，擺設也很簡單，也沒有什麼

人，麥克看了看四周。

「這個年輕人可能真是找錯房間了。」麥克對店長説，「看看，房間裏沒有他的照片，不會是他家……」

「我就説嘛。」年輕人連忙説。

「這樣，你先走吧，不過先去拿一張紙和筆，寫下你的名字和地址，有事我會聯繫你。」麥克説。

年輕人答應一聲，連忙跑到一個櫃子旁，從裏面拿出紙和筆，興奮地寫着名字和地址。

「亂編名字和地址吧？」麥克冷笑着，「你一直在騙人呀……」

「啊？」年輕人愣住了。

麥克説出了原因，年輕人低頭承認，這就是他家，他偷了手機後被追趕，想跑回來藏在房間裏，但是因為緊張，沒有很快打開門就被圍住了。手機和羊毛衫被他仍在街上的垃圾桶裏了。

請問，麥克警長發現了什麼，讓年輕人承認了罪行？

答案：如果這裏不是年輕人的家，他不可能準確地知道櫃子裏裝出筆和紙的。

穿越 X 懸疑 X 超能力

魔幻偵探所 作者 關景峰 作品

時空調查科

一種特異的犯罪手段「穿越時空」已經出現，全球特種警察機構中最神秘的部門——「時空調查科」，展開了最驚險刺激的穿越時空偵緝任務……

正邪對決，一觸即發！

1. 法老王宮裏的秘密

犯罪組織「毒狼集團」把一顆價值連城的藍色鑽石藏在了將近五千年前的古埃及，時空調查科要出動尋回鑽石。當他們千辛萬苦進入到法老的金字塔，找到收藏鑽石的盒子，卻竟發現鑽石失蹤了，盒裏只有一張字條！而且他們在調查的過程中，更惹怒了法老……

2. 鐵達尼號上的追捕

時空調查科收到情報，「毒狼集團」最近拉攏了一個曾多次到不同時空犯案的超能力者科姆里，這人更是以吸食人血作為超能力能量來源的恐怖罪犯。科姆里托人在拍賣會上，不惜高價投得一份在首航即撞上冰山而永久沉沒的豪華輪船「鐵達尼號」的乘客名單。他要這份名單來做什麼？毒狼集團背後有什麼陰謀？

 新雅文化事業有限公司　　 sunya_hk　　 Like　 新雅文化

3. 逃離鬥獸場

警察在調查一宗案件時，遇到兇手使用古羅馬角鬥士才懂的搏擊術瘋狂抵抗，警方相信是「毒狼集團」派人到古羅馬角鬥士學校學習。時空調查科接到任務，將穿越到安東尼時期的古羅馬城，把在角鬥士學校學習的人帶回現代。可是，他們所得的信息有限，究竟怎樣才能完成這棘手的任務呢？

4. 古堡迷影

穿越者如果要穿越到較遠的時代，為減低風險，會把穿越分成兩段或者三段，並在中途設立中繼站。一天，設立在十一世紀圖林根的中繼站發生了傷人事件，傷者在昏迷前只說了一句話，表示城堡裏有「魔鬼」！究竟城堡裏發生了什麼事？傷者口中的「魔鬼」到底是誰？時空調查科將出動把謎題一一解開。

5. 石器時代的大將

「毒狼集團」的成員為了躲避通緝，穿越到距今五千年的新石器時代。為了追捕罪犯，時空調查科穿越到新石器時代的多瑙河旁。可是，他們尚未找到目標人物，就看到兩班人在短兵相接，更被一個騎着豬的大將捉住了……到底這個騎豬的大將是誰？時空調查科成員怎樣才能脫險呢？

6. 龐貝古城行

意大利投資家派諾先生被綁架了，綁架案是由「毒狼集團」策劃的，他們更派出了具穿越能力的綁匪。時空調查科穿越到龐貝——這個將會在百年後被維蘇威火山爆發而摧毀的古城，找到了派諾先生。可是，他竟不願離開，更多次攀上維蘇威火山。為什麼他會這麼反常？難道他被綁匪威脅了嗎？

魔幻偵探所 45

隧道謎蹤

作　　者：關景峰
繪　　圖：陳焯嘉
責任編輯：葉楚溶
美術設計：李成宇
出　　版：新雅文化事業有限公司
　　　　　香港英皇道499號北角工業大廈18樓
　　　　　電話：（852）2138 7998
　　　　　傳真：（852）2597 4003
　　　　　網址：http://www.sunya.com.hk
　　　　　電郵：marketing@sunya.com.hk
發　　行：香港聯合書刊物流有限公司
　　　　　香港荃灣德士古道220-248號荃灣工業中心16樓
　　　　　電話：（852）2150 2100
　　　　　傳真：（852）2407 3062
　　　　　電郵：info@suplogistics.com.hk
印　　刷：中華商務彩色印刷有限公司
　　　　　香港新界大埔汀麗路36號
版　　次：二○二○年十一月初版

ISBN : 978-962-08-7635-6